DER VOGELBEERBAUM

Heinz Picard

Der Vogelbeerbaum

Kurze Erzählungen

Bausteine einer Biographie

Bibliografische Information der Deutschen Nationalbibliothek:
Die Deutsche Nationalbibliothek verzeichnet diese Publikation in
der Deutschen Nationalbibliografie;
detaillierte bibliografische Daten sind im Internet über
http://dnb.dnb.de abrufbar.

© 2021 Heinz Picard
Herstellung und Verlag:
BoD – Books on Demand, Norderstedt
ISBN: 978-3-7543-4295-4

Inhalt

Statt eines Vorworts

Einszweidrei, im Sauseschritt
Läuft die Zeit; wir laufen mit. –

Wilhelm Busch

Am Bach

Der Bach markierte das Ende des Grundstücks, auf dem mein Elternhaus stand und war ein wunderbarer Begleiter in meiner Kindheit.

Im Sommer zeigte er sich offen für Spiele jeder Art. Manchmal baute ich mit Hilfe eines Schulfreunds eine so hohe Staumauer, dass er zum kleinen See wurde, den wir mit einem selbstgebastelten Floss schiffbar machten und der uns zu ersten Schwimmversuchen einlud. Abends – ich konnte ihn bei geöffnetem Schlafzimmerfenster gut hören – half er mir mit seinem fröhlichen Plätschern in den Schlaf.

Er wird es mir nicht übelnehmen, wenn ich auch seine Schwächen erwähne: Mit Gewittern und Dauerregen hatte er seine liebe Not. Und das Bisschen Eis, das er manchmal im Winter anbot, eignete sich höchstens für Mutproben.

Nach einem Gewitter jagte er oft in schmutzigen schäumenden Wellen Bretter, Balken und Baumäste vor sich her, als müsse er eine unbezähmbare Wut los werden. Ja, einmal verliess der Bach gar sein Bett, schwoll immer mehr an, trieb braune Fluten übers Ufer, höher und höher. Man musste befürchten, er setze unser Haus unter Wasser. Aber dann, als wir gerade die Feuerwehr mobilisieren wollten, besann er sich eines Bessern, fuhr die überschäumenden Kräfte langsam runter und fand schliesslich zu seinem gewohnten Lauf.

Auf einem ortsüblichen, schulfreien Julimarkt trafen wir einst Schüler aus dem Bezirkshauptort am Rhein. Sie hatten von unserer Stauung gehört und fragten, ob sie das Wunderwerk mal besichtigen könnten. Dagegen war nichts einzuwenden. Aber sie gaben sich auch gar überheblich: «Der Rhein ist nun mal kein Bach», dozierte ihr Sprecher. «Er ist bekannt für seine Wirbel. Für Einheimische ist das nicht weiter schlimm. Man lässt sich vom Wirbel in die Tiefe ziehen, stösst dann im richtigen Winkel mit den Füssen kräftig vom Grund ab und steigt so wieder hoch.»

«Hat schon jemand von der Lorelei gehört?» fragte ein Knirps. Er sah sich um. Und als sich niemand meldete, fuhr er fort: «Wie jedermann weiss, das endete tödlich. Aber in unserem Fall und mit der richtigen Technik …» Der Sprecher entzog dem Kleinen das Wort: Ob wir Lust hätten, mal einen Versuch zu wagen? – Ich wehrte ab. Es gebe an diesen Tropentagen viel zu tun im Bach. Aber bei Gelegenheit, warum nicht?

Ich hatte Grösseres im Sinn. Etwas in der Art der abenteuerlichen Flossfahrt auf dem Mississippi, wie sie in meinem Jugendbuch beschrieben war: Knaben unterwegs mit ihrem schwarzen Freund, um in einen Staat zu gelangen, der die Sklaverei bereits abgeschafft hatte. Eine solche Tat würde die vom Bezirkshauptort überfordern. Wobei ich zugeben muss, dass bei mir der ganz grosse Coup auch noch auf sich warten liess.

Doch zur Sache. Mein lieber Bach, du frägst dich wohl, warum man mich nie mehr bei dir antrifft. Zum Beispiel auf der kleinen Brücke, welche die Zwidellen mit der Dörrmatt verbindet. Du wirfst mir vor, früher hätte ich sie nie betreten, ohne dir ein Weilchen zuzusehen. – Es ist ganz einfach, ich wohne längst nicht mehr hier. Das hat sich halt so ergeben. Einverstanden, ich habe dereinst davon geträumt, Enkel rechtzeitig ganz praktisch in mein Jugendparadies einzuführen. Das ist nun nicht mehr möglich. Und vielleicht ist es gut so. Die Welt hat sich verändert, es ist eine technisierte Welt, in die sie hineinwachsen. Und dahin gehören sie auch. Aber mir ist sie manchmal fremd. Das hindert mich aber nicht daran, ihnen von früher zu erzählen. Ohne zu werten oder ihnen was aufzudrängen. Und wenn sie sagen: «Grossvati, erzähl mal, oder lies vor!» Dann überkommt mich ein tiefes Behagen. Und ich spüre: Man wird im Leben nicht alles richtig machen, aber auch nicht alles falsch.

Anmerkung

Der Text spielt u.a. an auf die Bücher von Mark Twain (Tom Sawyer's und Mark Finn's Fahrten und Abenteuer), die meine Jugend in jeder Hinsicht bereichert haben.

Meine Cousine

In meiner frühen Jugend galt der Fussball als eine eher verachtenswerte Sportart. Vor allem die Lehrerschaft tat sich schwer damit. Wenn der Lehrer in der fünften Klasse uns Knaben dabei erwischte, dass wir nach Schulschluss nicht sofort nach Hause gingen sondern auf der Schulwiese noch Fussball spielten, rief er uns ins Zimmer zurück. Das hatte Arrest zur Folge und schriftliche Strafaufgaben. Dabei machte er eine bedenkenswerte Entwicklung durch. Jahre später, als sein jüngster Sohn dem Fussballclub beitrat und ein wertvolles Mitglied für die erste Mannschaft wurde, erschien der Lehrer bei jedem Heimspiel auf dem Platz – auch mit Regenschutz bei Bedarf – und genoss es, wenn ihn jemand beim Vorbeigehen ansprach: «Der Allerweltskerl dort, ja der, das ist doch Ihr Sohn.»

Doch zurück zu den Anfängen. Wer dem Fussballclub beitrat, qualifizierte sich in der Meinung vieler gar als Bürger einer minderen Gesellschaftsschicht. Der Turnverein dagegen genoss allgemein den Nimbus einer Vorzeigedisziplin. Das mochte auch damit zu tun haben, dass im Turnverein verschiedene Mitglieder mit ihren Leistungen brillierten. Ich erinnere mich an einen Langlaufspezialisten und einen Reckturner, die gar auf eidgenössischer Ebene auf sich aufmerksam machten. Bei trockenem, warmem Wetter übten die Könner am Abend an den Geräten auf dem Schulareal. Sie liessen sich auch nicht beirren von den Schulkindern, die regelmässig um diese Zeit auf den Platz kamen und sich nach dem Star-Training ebenfalls an den Geräten versuchten.

In meinem Alltag spielte der Fussball eine wichtige Rolle. Nur hatte ich in der Freizeit keinen ebenbürtigen Partner, mein Bruder war noch viel zu klein. Und Mädchen hatten andere Interessen.

Kurz vor den Sommerferien schrieb meine Cousine aus Zürich, sie möchte uns gern wieder einmal besuchen; sie habe an zwei Wochen gedacht, wenn das für uns in Frage käme. Die Eltern willigten sofort ein, und ich war im siebten Himmel: Endlich hatte ich einen Spielpartner, leider halt behaftet mit dem Makel des weiblichen Geschlechts. Aber ich war besessen von der Idee, sie zu einer ebenbürtigen Spielerin aufzubauen.

Die Tage schleppten sich dahin. Ich riss sorgfältig Zettel um Zettel vom Kalender an der Wand. Das vereinbarte Datum rückte langsam näher. Ich wurde ungeduldig: Und wenn sie die Einladung vergessen hatte? – Das gibt's nicht. – Nicht bei meiner Cousine. Ein Oberschüler hatte mir einmal erzählt, Mädchen seien launisch, auf sie sei kein Verlass. Aber der kannte meine Cousine nicht. – Und dann kam wie aus heiterem Himmel der erlösende Anruf einer Nachbarin (bei der Cousine gab's noch keinen eigenen Telefonanschluss) mit genauen Angaben betreffend Wochentag und Zugsankunft.

Alles Warten hat ein Ende. Gleichzeitig mit dem Zug traf ich am Bahnhof ein. Türen schlugen auf. Ich sah meine Cousine winken, stolperte über die Geleise – damals gab es hier noch keine Unterführung – und nahm ihr den Koffer ab. Sie umarmte und küsste mich. Das war mir etwas unangenehm. Sonst stimmte alles, sie war wie die Mädchen in unserer Klasse.

Der Koffer war furchtbar schwer. Am liebsten hätte ich ihn kurz abgestellt. Aber das konnte ich mir jetzt nicht leisten. «Zeig mal», sagte sie unvermittelt, «lass mich mal tragen.» – Um abzulenken erzählte ich ihr, sie müsse durchhalten bis zur Wiese hinter dem Haus, wo ich noch vor dem Mittagessen ein erstes Training vorgesehen hätte. Meine Mutter war nicht sehr erfreut. «Jetzt lass sie doch erst mal ankommen», sagte sie. «Reisen ermüdet. Ich zeig ihr das Zimmer, dann soll sie sich ruhig mal hinlegen.» Meine Cousine meinte, sie sei gar nicht müde und interessiere sich sehr für Fussball. – «Es handelt sich um ein kurzes Torwarttraining», beschwichtigte ich Mutter. «Fünf Minuten», meinte sie, «und nicht mehr. Und Hände waschen!» Dann gingen wir zur Wiese.

Mit zwei Bohnenstangen hatte ich am Vorabend die Pfosten beidseits der Torlinie markiert. Ich setzte meinen hart aufgepumpten Lederball etwa zehn Schritte vor das fingierte Tor, nahm Anlauf und knallte das Leder mit Wucht über die Torlinie. Dann wies ich die Cousine an, den Ball zu holen und ihn nach meinem Vorbild im Tor zu versenken. Das Unternehmen erwies sich als schwierig. Die Cousine lief zwar voll an, aber traf meist den Ball nicht. – «Wir beginnen mit dem Essen», rief Mutter. «Vater kommt heute später.»

Trotz des mässigen sportlichen Erfolgs nahm ich am Nachmittag den nächsten Schritt in Angriff. Ich zog mich sportgerecht um – schwarze Turnhose, grüner Pullover, Fingerhandschuhe, Knieschoner – und zeigte ihr, mit welchen Sprüngen und Paraden ein Torwart sein Tor rein zu halten versucht. In einer alten Reisetasche hielt ich für sie eine Zweitausrüstung bereit: überlange Turnhose, Fausthandschuhe, leicht verwaschener grauer Pullover, Binde statt Knieschoner. Sie verschwand als Stadtgirl kurz im Haus und kam als valabler Torwart heraus. Dann übten wir mit Positionswechseln.

Als ich einem Kameraden von meinen sportlichen Versuchen mit der Cousine erzählte, versicherte er, der Frauenfussball sei im Kommen. Seine Zürcher Tante plane eine Mitgliedschaft in einem dortigen Damenfussballclub. Ich zweifelte daran, dass bei meiner Cousine Talent und Fleiss dereinst für ein solches Vorhaben genügten. Aber es waren immerhin erste Schritte in der richtigen Richtung.

Wer am Bahnhof Frick der Hauptstrasse in Richtung Dorfkern folgt, kommt nach einer ersten Kehre an einem frisch renovierten Haus vorbei. Hier hatten um 1920 die Geschwister Paul und Theres Schuhmacher ihren Tuch- und Kolonialwarenladen eröffnet. Zum richtigen Zeitpunkt. Die Bahnhofstrasse wurde nach Eröffnung der Bahnlinie 1875 das erste «Neubaugebiet» der Gemeinde.

Der Laden war sehr gut besucht. Im Dorf ging man gerne zum «SchuemacherPauli», wie man das Geschäft liebevoll nannte. Pauli war ein grosser stattlicher Mann, der seine Kunden stets mit sonorer Stimme und einem freundlichen Lächeln willkommen hiess. Dabei trug er immer einen bräunlichen vorne sorgfältig zugeknöpften Arbeitsmantel. Vermutlich legte er ihn nur am Sonntag ab, da ging er im schwarzen Anzug aufrechten Ganges durchs Dorf und den Kirchhügel hinauf in den Gottesdienst.

Pauli bot nebst Zucker, Kaffee, Kakao, Tee, Tabakwaren, Reis, Süssigkeiten, auch eine grosse Auswahl an Stoffen an, was meiner Mutter als Schneiderin äusserst entgegenkam. Er hatte an einer Wand ein hohes Regal mit mehreren Fächern eingerichtet, wo er Stoffballen lagerte. Und wenn sie ihm ihre Wünsche betreffend Beschaffenheit und Farbe darlegte, stieg er eine Leiter hoch, holte die fraglichen Ballen und legte sie auf einen langen Tisch, der einen Grossteil der Ladenfläche beanspruchte. War meine Mutter zufrieden, rollte er den gewünschten Ballen aus, griff nach einem langen hölzernen Massstab und markierte mit Kreide die erforderliche Länge. Dann schnitt er mit einer grossen Schere sorgfältig an der festgelegten Stelle.

Meine Mutter sagte beim Abschied oft: «Pauli, du solltest dir eine Frau suchen, solange du noch im Schuss bist. Eine Frau steht dem Laden gut an und hält zu dir in guten wie in schlechten Zeiten.» – «Warum nicht?» meinte Pauli. «Warum eigentlich nicht? Ich muss mir das gründlich überlegen.» Sie kam immer wieder darauf zurück. Aber Pauli brauchte furchtbar viel Zeit für seine Überlegungen, das Ganze kam nicht in Schwung. Ich verstand meine Mutter nicht, er hatte ja immerhin eine Schwester. Man traf sie nur selten an, sie hielt sich vom Handel fern, erledigte vermutlich in einem Nebenzimmer die Buchhaltung. Von Frauen verstand ich nicht viel, kannte zudem nur wenige: Etwa fünf Nachbarinnen, gut sieben Tanten und dann, ja dann war noch meine Cousine, allerdings eher eine Vorstufe, eine Unvollendete. Mängel im Fussball hatte sie durch ihre Fröhlichkeit und Unternehmungslust längst wettgemacht. Und als ich mich einmal bei ihr entschuldigte, ich hätte sie auch gar hart angepackt, lachte sie: «Knaben halt. Das ist schon in Ordnung. Und wenn du's wissen möchtest: Ich interessiere mich mehr für Mode. Ich werde dereinst eine Schneiderinnenlehre absolvieren und in

15

einem Modehaus mitarbeiten.» Um dies vorweg zu nehmen: sie machte tatsächlich Karriere; eine ihrer Privatkundinnen, die sie später beriet, war eine der ganz grossen Diven im Showbusiness.

Meine Cousine beschloss eines Tages, die schöne Zeit mit einer Mutprobe zu krönen. Dabei ging es um die grosse gläserne Bonbonniere auf Paulis Verkaufstisch, in der er Schleckzeug für kleine Kunden aufbewahrte. Sie stellte sich den Handel so vor: «Wenn wir mal alleinige Kunden im Laden sind, rufe ich unvermittelt: Herr Schuhmacher, es hat geläutet im Nebenzimmer.» – «Danke, kleines Fräulein», wird Pauli sagen. Und schon im Gang: «Ich bin gleich zurück.» – «Das ist dein Einsatz!» – Ich hatte meine Bedenken. Aber die Cousine beruhigte mich. «Es ist nur ein kleines Vergehen. Selbst wenn du erwischt würdest, kämst du vermutlich nicht ins Gefängnis. Ich würde dich ohnehin täglich besuchen.» Der Coup gelang. Als Pauli zurückkam und sagte, der Anrufer habe gleich aufgelegt, waren die gewählten Süssigkeiten bereits im Täschchen der Cousine verschwunden.

Die Ferienzeit neigte sich langsam ihrem Ende zu. Es folgten ein paar Tropentage, und wir verbrachten die meiste Zeit im Bach.

Und dann ging alles schnell. Meine Mutter suchte am Vorabend im Kursbuch einen Zug, bei dem die Cousine nicht umsteigen musste, dann half sie ihr beim Packen des Koffers. Am andern Morgen begleitete ich meine Cousine zum Bahnhof und trug dabei ihren Koffer. Uns war nicht ums Reden. Der Abschied tat weh.

Und dann war es soweit. Sie stand am offenen Fenster. Und als der Zug anfuhr, winkte sie mit einem weissen Taschentuch, liess es flattern und übergab es dem Wind. Es sah aus wie ein übermütiger grosser Schmetterling, der seinen unberechenbaren Zickzack-Flug geniesst.

Ich wartete, bis die letzten Passanten im Ausgang verschwanden. Vom Trottoir gegenüber winkte mir ein Schulkamerad. Er rief etwas von «Ferien vorbei … nächstes Jahr …» – Der Rest ging unter im Rattern eines Lastwagens. Nächstes Jahr, dachte ich und erschrak, darüber hatten wir gar nicht gesprochen. Im Kiosk drehte ich noch eine Weile an den Büchersäulen. Ein Titel stach mir in die Augen: «Nie kehrst du wieder, goldne Zeit». Ich blätterte kurz darin, aber der Inhalt berührte mich nicht. Es war nicht **meine** goldne Zeit. Und plötzlich übermannte mich ein Gefühl von innerer Leere und Einsamkeit. Ob meine Cousine schon zu Hause war?

Auf dem Heimweg war ich in Gedanken am Bach – Ich konnte mit meinem Freund unsern Obstbaum fällen, der keine Früchte mehr trug, und aus dem Stamm ein Kanu schlagen. Unser Geographielehrer hatte kürzlich von dieser Art Kanubau berichtet. Ich musste mich bei ihm genauer erkundigen. Ferner galt es, die Staumauer dem neuen Verkehrsmittel anzupassen. Bezüglich Material und Ausbau konnte mir ein anderer Freund weiter helfen, sein Vater war Baumeister.

Doch je kühner meine Pläne wurden, desto beharrlicher bremste eine innere Stimme deren Verwirklichung. Und als ich daheim ankam, riss ich die beiden Torstangen aus dem Boden, ging mit ihnen zum Schopf und verarbeitete sie dort

zu Kleinholz. Dann betrat ich das Haus. Meine Mutter telefonierte gerade. Ich schlich auf leisen Sohlen in mein Zimmer. Ich mochte jetzt nicht mit ihr reden.

Operettenzauber

Die Woche begann wenig verheissungsvoll. Am Morgen lagen unsere Hühner tot auf der Wiese hinter dem Haus. Ein Fuchs war offenbar an einer schadhaften Stelle in das Gehege eingedrungen, hatte sie ermordet und drei abgeschleppt. Zwei lagen noch in ihrem Blut, das weisse Gefieder rot durchtränkt. Offenbar hatte ihn ein verdächtiges Geräusch zum Rückzug veranlasst. Ein Fuchs gibt nie auf. Die restliche Beute würde er holen, sobald die Luft rein war.

Dazu kam es nicht. Ich rief meinem Vater. Er legte die Tiere in einen Sack und fuhr die Opfer mit dem Auto zur Sammelstelle der Gemeinde.

Am nächsten Morgen kam Vater mit Mühe und Not aus dem Bett. Ein Rheumaschub schien unser aufs Wochenende geplante Unternehmen zu verunmöglichen. «Das wird schon», wiederholte er, trank fleissig Tee und hielt sich ganz an die Medikamente, die der Hausarzt für derlei unliebsame Überraschungen vorgesehen hatte.

Ein verregneter, kühler Sommer schien sich plötzlich eines Bessern zu besinnen. Die Prognosen fürs Wochenende waren hervorragend, die Kundschaft verlangte leichte Kleidung; was lange liegen geblieben, musste möglichst bald fertig werden. Mutter war ständig im Atelier mit Nähen beschäftigt. Es gab noch einen ganz andern Grund für ihren Arbeitseifer, wie sie später erzählte. Beim Nähen sei sie die schlimmen Bilder von der Wiese, die sie überall bedrängt hätten, los geworden. Vater musste noch eine geschäftliche Beschwerde erledigen (der Direktor im jovialen Ton: «Ich weiss schon, die Zeit ist etwas knapp, aber Sie kriegen das schon hin»).

Dann war es so weit. Der längst geplante Besuch der Operette «Die lustige Witwe» in Steckborn würde stattfinden.

Vater betrat reisefertig den Korridor, sah vorwurfsvoll zum oberen Stock, wo Mutter noch mit ihrer Garderobe beschäftigt war. Unruhig ging er hin und her, griff immer wieder nach seiner Stoppuhr im Gilettäschchen, dann kam wieder der Blick nach oben und plötzlich zog er ein Librettobüchlein aus dem Kittel und begann zu singen:

«Hast du dort oben vergessen auf mich,
es sehnt doch mein Herz nach Liebe sich …»

Und meine Mutter blieb ihm nichts schuldig:

«Dein ist mein ganzes Herz!
Wo du nicht bist, kann ich nicht sein.
So wie die Blume welkt, wenn sie nicht küsst der Sonnenschein …»

So wollen es Songtexte bekannter Operetten.

Schliesslich sassen wir im alten Ford, mein Bruder und ich auf dem Hintersitz. Mutter sagte, sie hole doch noch einen Schirm, für alle Fälle. Vater erinnerte daran, dass die Aufführung schon heute abend stattfinde. Er lachte dabei, die gute Stimmung war gerettet.

Vorfreude stellte sich bei mir nicht ein. Ich musste immerzu an Grossmutter denken. Gut, dass sie das mit unsern Hühnern nicht mehr miterleben musste. Ihr wäre das niemals passiert. Der grosse Auslauf, den das Federvieh bei ihr genoss, war zwar ständig reparaturbedürftig. Ihre Hühner waren aber von ganz anderem Kaliber, sie arbeiteten ständig an der Flucht, weiteten allfällige Lücken im Hag durch fleissiges Scharren aus, mischten sich stolz unter die weidenden Kühe und verschafften sich so ein gewisses Ansehen unter den Mächtigen. Grossmutter wusste um meine Vorliebe. Wenn ich sie besuchte, holte sie zwei frische Eier, schlug sie in die Pfanne und briet mir auf dem Holzherd die besten Spiegeleier der Welt.

«Bist du eingeschlafen?» Ich fuhr auf. «Wir sind bald so weit», brummte Vater. «Statt mir beim Suchen zu helfen …» – «Ja, ja», murmelte ich, «Die lustigen Witze». – «Jetzt hör schon auf mit dem Blödsinn. Ein für alle Mal, die Operette heisst *Die lustige Witwe*. Das ist doch nicht so schwierig zu behalten. Das ist das letzte Mal, dass …» – «Langsam, langsam», mahnte Mutter, «wir wollen doch heil in Steckborn ankommen.» Mein kleiner Bruder war jetzt auch wach geworden. «Ich freue mich so aufs Konzert», versicherte er. – «Es ist gar kein Konzert, es ist eine Operette.» Ich zupfte ihn an den Haaren: «Du weisst stets von allem nichts und von nichts alles». Das hatte ich irgendwo gelesen.

Von der Aufführung ist mir wenig geblieben. Ich weiss nur noch, dass mein Bruder auf der Rückfahrt ständig etwas vor sich hin summte. Er behauptete im Nachhinein, die Muse habe ihn damals geküsst. Ich weiss nicht, was er damit meinte. Das hat er irgendwo aufgeschnappt. Jedenfalls, ge-küsst hat da niemand. Gefreut hat mich, dass Mutter an der Aufführung zweimal mit ihm aufs Klo musste. Dadurch ist auf der steil ansteigenden Zuschauertribüne doch einiges in Bewegung geraten. Ja, und die Bühne. Die schwamm tatsäch-lich auf dem See, den ein kühler Abendwind kräuselte. Die Sänger traten oft bis zum Rand vor, aber ins Wasser fiel nie-mand. Als wir daheim ankamen, meinte Vater, der Ausflug sei ihm eine Lehre. Er war sichtlich enttäuscht. Mutter wischte sich gar eine Träne weg mit dem zerknüllten Nas-tuch. Da war offenbar einiges schief gelaufen. Ich schlug mei-nem Bruder vor, etwas zu singen. Er erwiderte, ich hätte mich unterwegs ständig beklagt über seine Vorträge. Jetzt wolle er auch nicht mehr. Ich suchte nach einem versöhnlichen Aus-gang: «Es ist nur gut, dass der Fuchs die Hühner anfangs Wo-che ermordet hat. Es wäre doch ungemütlich, wenn wir jetzt vom blutigen Ereignis überrascht würden.» – «Bitte», bat Mutter, «ich muss sonst erbrechen.» Vater meinte: «Höre nicht auf unsere Rohlinge. Die wollen sich nur wichtig ma-chen.» Dann ging er in den Keller und holte sich ein Bier. «Gegen das Rheuma», erklärte er. Aber das sagte er immer, wenn er nicht einschlafen konnte.

Die Flucht

Ich war wohl schon in der Primarschule, als meine Mutter eines Tages feststellte, ich sei auch gar schwach auf den Beinen und bleich und bestände nur noch aus Haut und Knochen und beim ersten kalten Luftzug hole ich mir einen Husten oder Schnupfen. Sie gehe morgen mit mir zum Arzt. Vater war einverstanden. Laut Wetterbericht werde es noch kälter.

Damals war das Telefon noch nicht das selbstverständliche Kommunikationsmittel unserer Tage. Wer einen Arzt aufsuchte, betrat das Wartzimmer möglichst früh, merkte sich Personen, die schon anwesend waren und erhob sich, wenn die Türe aufging und der Aufruf des Arztes: «Der/die Nächste, bitte!» auf einen zutraf.

Unvergessen bleibt mir die Erinnerung an jenen Wintermorgen. Ich sitze mit meiner Mutter um sechs Uhr morgens im besagten Raum. Im Holzofen brennt bereits ein lebhaftes Feuer. Die Frau Doktor kommt eben mit einem Korb Holz herein und legt ein paar Scheite nach. «Ich glaube, es gibt Schnee», sagt sie und lächelt freundlich. «Rufen Sie einfach im Bedarfsfall. Bei uns soll niemand erfrieren. Dann also viel Glück.» Und mit einem Blick auf die beiden älteren Damen, die ganz ins Gespräch vertieft sind: «Der Herr Doktor kommt gleich.» –
«Wir haben es nicht eilig», sagt die eine und: «Wo bin ich stehen geblieben?» –

«Bei Ihrem ersten Mann.» – «Ach ja, jetzt hab ich's wieder. Mein erster Mann war ein ordnungsliebender Mensch, sparsam und fromm. Auch wenn meine Schwiegermutter – man kennt ja die Spezies – dahinter einen religiösen Tick ausmachte. Das Cabinet jedenfalls stattete er zweckmässig und liebevoll aus.

Manchmal sah ich ihm zu, wie er das WC-Papier vorbereitete: «Du brauchst dazu das richtige Papier. Nicht etwa das gemeine Zeitungspapier, dessen Druck ist zu feucht und schmiert. Nein, da greift man zu einer angesehenen Zeitschrift. Es muss nicht eine religiöse sein.» Und mit Blick zum Papierstoss auf dem Fenstersims:

«Reich mir mal die oberste Ausgabe!» Jetzt zerlegt er die «Stadt Gottes» in die einzelnen Seiten, holt einen Massstab und schneidet sie exakt zu Quadraten mit einer Seitenlänge von 15 cm. Dann hängt er die Zettel an einen S-Haken im Schrank des Cabinets.» –

Die Zuhörerin ist begeistert. «Hut ab», sag ich, «so einen Mann hätte ich auch gern gehabt. Nun, meiner, auf seine Art, gut, ein Makel findet man überall. – Aua, mein Bein!» Sie reibt sich das Knie. «Wo bleibt nur der Doktor? Mit der Risikogruppe hat man kein Mitleid, ich weiss.» – «Aua», die Frau ruft erneut.

– «Sie hat's aber bös erwischt», meint ihre Nachbarin. «Ob der Arzt da noch helfen kann? Es ist halt immer schwierig, wenn man zu lange wartet.»

Mir ist etwas mulmig zumute. Ich habe alles mitbekommen, auch wenn ich nicht alles verstand. Und wieder die beiden Frauen: «So, so, der alte Kirchhofer ist gestorben.» – «Ja, der Tod kann eine Erlösung sein», meint ihr Gegenüber. «Auch für die Nahestehenden.» Sie gähnt: «So ist das Leben, so ist das Sterben. *Dr eint preichts guet, dr ander preicht's schlächt. Am Schluss preicht's jede.* Das hab ich irgendwo gelesen? Im Pfarrblatt? Eher nicht. Vielleicht … Wie auch immer, es hätte zu ihr gepasst.» –

Ich sehe vor mir eine Zeichnung aus meinem Wilhelm Busch-Album. Eine Vision der Hölle, in der die Sünder büssen müssen. Der Teufel steht vor einem grossen Herd mit Heizplatten. Auf jeder ist eine Pfanne, in der ein Sünder sitzt. Eben hat Satan das Feuer entfacht und jagt nun mit einem grossen Blasbalg Luft hinein. Aus den Pfannen steigt Dampf auf, die Sünder schlagen verzweifelt mit den Händen um sich. Furchtbar das Bild. Jetzt begreife ich, was hier vor sich geht. Wie konnte ich nur bis anhin beim Blättern darüber lachen!

Mutter blättert in einem Modejournal. Es ist viel zu warm hier drinnen, und die Luft ist stickig, schwer zu atmen. Wenn man doch wenigstens das Fenster… Da gerät die Türe in mein Blickfeld. Die paar Schritte, die schaff ich. Und los geht's! Schon greife ich nach der Falle. Draussen empfängt mich frische Luft, es ist heller geworden. Ein Gefühl neugewonnener, grenzenloser Freiheit übermannt mich, ich renne heimwärts. – Unentwegt höre ich hinter mir die Stimme meiner Mutter: «Da hast du mir was eingebrockt. Jetzt müssen wir das Prozedere morgen wiederholen.»

Patres, die wir hatten

Dass Schüler ihre Lehrer gerne auf die Schippe nehmen und ihnen Spitznamen geben, weiss jedermann. Und so beginnen die späteren Klassentagungen meist mit der Frage: «Weisst du noch, damals als der – wie hiess er nur, wir nannten ihn nur Amor …» – Und niemand interessierte sich für die Persönlichkeit, die hinter dem Spitznamen stand.

Zufällig stiess ich kürzlich in einer Ausgabe des «STANSER STUDENT» (Juni 1991, Herausgeber: Verein der Freunde des Kollegiums St. Fidelis) auf die Würdigung zweier verstorbener Professoren, die in meinem Internatsleben eine gewichtige Rolle spielten. Als Verfasser zeichnet der ehemalige Rektor Dr. Fortunat Diethelm. Meine Ausführungen stützen sich im Wesentlichen auf seinen Bericht.

P. Dr. Hartwig (Fofo)

«Ich, Frater Hartwigus von Entlebuch, bin in Buchrain, Kt.Luzern aufgewachsen. Daselbst besuchte ich die Primarschule (6 Klassen), nachher die Sekundarschule (2 Klassen) in Ebikon Kt. Luzern. Hierauf trat ich ins Gymnasium ein und absolvierte die 3. und 4. Klasse am Progymnasium Beromünster, die 5. Und 6. Klasse an der Kantonsschule Luzern, ebenso das Lyzeum in Luzern.»

Das ist der Lebenslauf, den P. Hartwig auf Anordnung des Novizenmeisters 1932 verfasste. Und hätte sein letzter Guardian dieses rudimentäre Curriulum vitae nicht einmal heimlich kopiert, wäre nichts mehr vorhanden: das Original hat P. Hartwig vernichtet – seinen Kommentar zu dieser Aktion höre ich… Dieser eigene Lebenslauf ist bezeichnend für P. Hartwig. Seine Wurzeln waren im Kanton Luzern. Über seine Familie und sein Privatleben sprach er nie. Und sein Verhältnis zum Orden war etwas kompliziert.

Das lag wohl schon am Umstand, dass sein Start in den Orden ungewöhnlich war. Er trat 1930 nach der Matura ins Noviziat ein. Wegen einer schweren Brustfellentzündung verliess er das Noviziat im Januar 1931 wieder, trat aber im Sommer des gleichen Jahres nochmals in den Orden ein.

Seine philosophisch-theologische Ausbildung durchlief er in Sitten, Freiburg und Solothurn, wo er 1936 zum Priester geweiht wurde.

P. Hartwig blieb im Orden ein Einzelgänger, der in seiner eigenen Welt lebte. In Kontakten war er freundlich, aber auch distanziert und verschlossen.

Seine oft sehr träfen, aber nicht selten etwas sarkastischen Sprüche hinderten viele, sich ihm zu nähern. Wem es aber gelang, die Mauer der Unabhängigkeit zu durchbrechen, der fand dahinter einen sensiblen, dankbaren und treuen Menschen. Das haben seine paar guten Freunde erfahren.

Die besonderen intellektuellen Fähigkeiten von P. Hartwig veranlassten die Obern, ihn nach dem Theologiestudium an die Universität der Naturwissenschaften zu schicken. Aber schon nach einem Jahr musste er am Kollegium Stans für den verstorbenen P. Caecilian Koller einspringen. Er hatte ohne entsprechende Ausbildung ein anspruchsvolles Schulpensum zu übernehmen. Diesen Entscheid der Obern kann man nur mit den Schwierigkeiten rechtfertigen, die der Ausbruch des Weltkrieges mit sich brachte, einen Laienlehrerersatz zu finden.

Pater Hartwig erlebte in Stans eine sehr harte Zeit. Mit Beschämung erzählen heute noch ehemalige Schüler, wie sie damals dem kleinen und mit seinem leichten Sprachfehler belasteten «Soso» – sprich: Fofo – das Leben sauer machten.

Nach sechs Jahren konnte P. Hartwig sein Studium in Freiburg wieder aufnehmen. Aber bereits nach drei Jahren musste er – vor dem Studienabschluss – wieder in die Schule zurück. Neben dem Unterricht schrieb er seine Dissertation und schloss 1953 mit einem Doktorat «magna cum laude» in den Fächern Geologie, Zoologie und Physik ab.

Diese nicht sehr glückliche Ausbildungspolitik der Obern erklärt wohl auch, weshalb P. Hartwig zeitlebens ein ziemlich kritisches Verhältnis zu den Vorgesetzten hatte.

Von 1949-74 unterrichtete P. Hartwig am Kollegium in Stans Physik, Biologie, Geographie und Astrophysik. Seine Leidenschaft war die Geologie. Vor allem aus den Innerschweizer-Bergen schleppte er Tonnen von Gesteinsproben zusammen. In den Ferien zog er mit Rucksack und Hammer durchs Bündnerland, Tessin, das Wallis und den Jura.

Sein Reich war das Physikzimmer, wo er selbst in den Ferien den grössten Teil des Tages verbrachte, den Unterricht vorbereitete, abenteuerliche Versuchsanordnungen aufbaute, Tausende von Prüfungen korrigierte, aber auch Musik hörte, Bücher las, Besuche empfing, Kaffee und im gleichen Gefäss – Wäsche kochte. Im Nebenraum hatte er sogar für ein Nickerchen ein Feldbett aufgestellt.

Aber gerade dieses Physikzimmer war auch Anlass für die grösste Frustration von P. Hartwig. Die Schulleitung in den 40er- und 50er-Jahren hatte kaum Geld für die Erneuerung der Ausstattung für einen zeitgemässen Physikunterricht. Noch mehr kränkte ihn, dass man für die Naturwissenschaften grundsätzlich kein Interesse zeigte: P. Leutfrid Signer, gewiss ein bedeutender Lehrer und Rektor, förderte einseitig die geisteswissenschaftliche Entwicklung der Schule; in diese Bereiche flossen auch die relativ spärlichen Mittel der Privatschule. P. Hartwig half sich mit originellen bis skurrilen Basteleien und fand im Kanton und in der Verwandtschaft einige Gönner, die ihn unterstützten. Aber als er 1974 65 Jahre alt wurde, war das Mass voll. Mit Bitterkeit demissionierte er als Lehrer. Noch als ich ihm fünf Jahre später zum 70. Geburtstag gratulierte, schrieb er über die Stanserjahre: «Dreiunddreissig Jahr im Fleisch gehorsam war. Welche Zumutung!» Nach seinem Abschied setzte er nie mehr einen Fuss über die Schwelle vom Kloster und Kollegium Stans.

P. Hartwig hatte aber noch eine andere Seite, die er hinter den Balustraden zynischer Sprüche versteckte: er war ein frommer Mann, der zu einfachen Leuten einen selbstverständlichen Zugang fand. Schon in Stans ging er immer wieder auf Sonntagsaushilfe. Und wenn er beim Schülergottesdienst, Arme schwingend und mit zugekniffenem Mund, aus dem inneren Chor an die Kanzel schritt, erhob sich im Kirchenschiff ein freudiges Raunen. Seine originellen Predigten waren bei den Schülern sehr beliebt.

So überraschte es auch nicht, dass er nach dem Abschied von Stans in die Seelsorge gehen wollte, aber in ein Kloster in einer ländlich-katholischen Umgebung. P. Hartwig war nicht nur ein kritischer Naturwissenschaftler, sondern ein auch im tiefsten Herzen konservativ-gläubiger Bauernsohn. Aber die beiden Seiten seines Wesens schienen sich voreinander zu schämen.

Zuerst wollte er nach Brig, möglichst weit weg von Stans. Nach vier Jahren zog es ihn doch wieder in seine Heimat. Mit Schmerz und Bitterkeit erlebte er die Aufgabe des Klosters Schüpfheim, wo er als Seelsorger im Bürgerheim tätig war. Nach zwei Jahren im Kloster Mels übernahm er – bereits 72jährig – den Posten des Spirituals im Kapuzinerinnenkloster auf dem Gubel. Er zeigte mir anlässlich eines Besuches voll Stolz die Reihe seiner geistlichen Gespräche und pries die frommen Bücher, aus denen er seine Anregungen schöpfte. Daneben schätzte er auf dem einsamen Gubel die Freiheit einer eigenen Wohnung und sein Gärtchen, das er mit Hingabe pflegte.

Nach seinem golden Ordensjubiläum war P. Hartwig müde und wollte sich in ein Kloster zurückziehen. Die letzten drei Jahre verbrachte er gesundheitlich angeschlagen in der Klosterfamilie Altdorf. Er las leidenschaftlich und freute sich an

Besuchen von ehemaligen Schülern. Im vergangenen November erlitt er eine schwere gesundheitliche Krise. Zwei Monate wurde der nicht immer einfache Patient im Spital Altdorf liebevoll gepflegt. Körperlich und auch geistig wurde Pater Hartwig zusehends schwächer. Er war dankbar, dass er Mitte Januar in unserer Pflegestation des Klosters Schwyz Aufnahme und hingebende Pflege fand.

In der Nacht vom Samstag auf den Sonntag ist er in Schwyz ruhig entschlafen.

P. Dr. Joachim Koller (Tschöcheli)

P. Joachim kommt am Palmsonntag 1910 zur Welt. Er verlebt eine unbeschwerte Kindheit mit «Kühen und Kälbchen, mit den mir besonders sympathischen Pferden, mit dem treuen, mich immer beschützenden Hund, mit Kaninchen und Katzen», wie er in seinen Lebenserinnerungen schreibt.

Nach zwei Jahren Sekundarschule in Degersheim wechselt er ans Kollegium in Appenzell und tritt nach der 5. Klasse mit fünf Klassenkameraden ins Noviziat der Kapuziner ein. 1933 macht er als Frater in Stans die Matura und durchläuft darauf in Sitten, Freiburg und Solothurn die theologische Ausbildung. Am 4. Juli 1937 weiht ihn Bischof Justinus Cumy zum Priester. Es zieht ihn in die Seelsorge, aber auf eine Anfrage des Obern erklärt er, er sei bereit, «möglichst mit Freude Naturwissenschaften zu studieren, wenn die Oberen es wünschen.»

Im Studium in Freiburg von 1938-45 begeistern ihn international bekannte Professoren wie Ursprung, Blum und Dessauer für die Fächer Botanik, Physik, Chemie. Mit ihnen entwickelten sich auch eigentliche Freundschaften über das Studium hinaus. Von den Angehörigen wird er später als Redner zu Jubiläen und Beerdigungsgottesdiensten seiner ehemaligen Lehrer eingeladen.

Während den strengen Jahren in Freiburg fällt P. Joachim in einen Erschöpfungszustand, der sein Weiterstudium in Frage stellt. Er erholt sich langsam und schliesst mit einer ausgezeichneten Dissertation «Über den Einfluss einer partiellen Erwärmung des Stengels auf die Wasserversorgung von Pflanzen» ab.

Von 1945 an erteilte P. Joachim am Kollegium St. Fidelis in Stans Chemie und später auch Biologie. Die Situation ist desolat: der Uniabsolvent findet eine total veraltete Infrastruktur vor. Er kommentiert: «Nach dem Krieg war es kaum möglich, Anschaffungen für die Schule zu machen», daran änderte sich nichts bis zum Um- und Neubau 1978. Das mangelnde Verständnis der Schulleitung für die Naturwissenschaften hat ihn sehr deprimiert; aber er war nicht der Mann, der sich für seine Bedürfnisse wehren konnte.

Es gibt nach dem Krieg auch keine brauchbaren Lehrmittel. Mit grossem Einsatz macht er sich daran, für die Chemie selber ein Manuskript zu verfassen. Die Einarbeitung der Atomlehre in die Chemie der Mittelschule war damals eine Pioniertat. Seine Schüler schätzten noch an der Universität seine ausgezeichneten Manuskripte.

Aber P. Joachim hat sich in den ersten zwei Jahren Schule zu stark verausgabt: eine Erkältung wächst sich zu einem gesundheitlichen Zusammenbruch aus. Er wird im Dezember 1948 mit einer Brustfell- und Zwerchfellentzündung ins Spital Stans eingeliefert, wo er volle fünf Monate liegt, bis ein Blutsturz den Arzt veranlasst, ihn ins Sanatorium Miremont nach Leysin zu überführen. Eine Fehlbehandlung durch einen Oberarzt verschlimmert den Zustand. Ein schrecklicher Husten quält den geschwächten Patienten, Herzkrisen und eine starke Venenentzündung kommen dazu. «Die Ärzte gaben mir noch höchstens drei Tage und hatten von P. Provinzial Arnold mit Recht die Erlaubnis erhalten, die Autopsie vorzunehmen.»

Endlich kommt der Oberarzt von seinem Bildungsurlaub zurück und diagnostiziert die eigentliche Krankheit, eine Herzbeutelentzündung. Fünf Monate geht es, bis P. Joachim transportfähig wird. Nach einigen Wochen Behandlung im Kantonsspital Luzern muss er für ein Jahr zur Erholung auf die Rigi.

Dieser gesundheitliche Zusammenbruch war eine Zäsur im Leben von P. Joachim. Er nimmt zwar im Herbst 1950 die Schule wieder auf. Aber er schreibt: «Ich musste mich vor Müdigkeit sozusagen in die Schule schleppen. Aber die Schüler zeigten sich ganz verständig. Ich bewunderte sie, wie sie mit gutem Willen meinem langweiligen Unterricht folgten.»

Selbstkritisch bemerkt er zu seinem Unterricht: «Meine schwächste Seite in der Lehrtätigkeit war wohl das Experimentieren. Es ermüdete mich sehr und beanspruchte viel Zeit.» Man ist betroffen, wenn man weiterliest: «Wenn ich mir vorstelle, wie ich als Lehrer eigentlich sein und wirken wollte, so komme ich zum Urteil, dass ich nur etwa 30% meiner Erwartungen erreicht habe. Ehemalige Schüler, denen ich das Resultat kundtat, widersprachen mir zwar energisch.» Tatsächlich haben viele Schüler P. Joachim oder den «Tschöcheli», wie sie ihn liebevoll nannten, sehr geschätzt, und einige haben ihn auch später immer wieder besucht. Er selbst verfolgte besonders jene, die Naturwissenschaften studierten, mit Interesse und Teilnahme und konnte von ihren Erfolgen mit Begeisterung erzählen.

Die Achtung, die er als Wissenschaftler und Mensch bei den Schülern geniesst, veranlasst den Rektor, ihn mit dem Religionsunterricht in der 7. Klasse zu betreuen. Damit hat er Gelegenheit, seine intensive Auseinandersetzung mit dem Denken von Teilhard de Chardin für die Schüler fruchtbar zu machen. «Es waren meistens auch für mich lehrreiche und freudige Stunden», bemerkt er dazu.

In der Biologie erteilt er gelegentlich überlegen schmunzelnden jungen Männern – so um die Rekrutenschulzeit – auch Sexualaufklärung: wissenschaftlich selbstverständlich sehr fundiert und ebenso akademisch, wie es der anima candida von P. Joachim entsprach.

P. Joachim verfolgt die wissenschaftliche Entwicklung mit wachem Interesse, bildet sich, solange er in der Schule tätig ist, an Kursen weiter und macht bei der Einführung von Wahlfächern begeistert mit. Die Planung der naturwissenschaftlichen Abteilung und ihre Realisation 1978 geben ihm neue Impulse. Dankbar und freundschaftlich empfängt er die jungen Lehrer-Kollegen.

P. Joachim steht mit 70 Jahren in seinem 36. Schuljahr, fühlt sich gesundheitlich relativ gut. Aber er mutet sich bei der Erstellung des Alpenblumengartens mit den Schülern zu viel zu. Eine Bronchitis und ein Herzinfarkt erzwingen einen sechswöchigen Spitalaufenthalt. Nach Weihnachten will er wieder mit der Schule beginnen. Aber er überfordert sich. Herzinsuffizienz und ein Lungenödem erzwingen einen Kuraufenthalt in der Clinica St. Agnese in Locarno. Der Arzt kann ihn schliesslich überzeugen, dass er die Schule endgültig aufgeben muss. Das geht ihm sehr nahe. Erst 1982 kann er nach Stans zurück. Er möchte niemand zu Last fallen, arbeitet, was er noch kann. So erfasst er über Jahre die Nekrologe ehemaliger Schüler für den «Stanser Student». P. Joachim hatte viel Herz. Er konnte das im Gespräch meist nicht recht zeigen. Besonders in der Gemeinschaft war er oft ein einsilbiger Zuhörer.

Er war ein überaus bescheidener, einfühlender und dankbarer Mitbruder und Freund, war dankbar, dass man ihn nicht als Last empfand. Seine Armut beschämte einen, wenn man beiläufig erfuhr, dass er nur die Mittwochausgabe der NZZ mit dem geschätzten Wissenschaftsteil abonnierte, damit es nicht zu teuer kam, oder wenn man ihn in seinem mit Holz- und Styrophorresten selbst zurechtgebastelten Bett liegen sah.

Am Sonntag, dem 14. April weihte man im Kloster die renovierte Orgel ein. P. Joachim, der in der letzten Zeit wieder kränklich war und wenig Appetit gezeigt hatte, unterhielt sich noch bis spät lebhaft mit den Gästen. Am Dienstagmorgen stand er, wie gewohnt, nach fünf Uhr auf. Etwas vor acht

Uhr fand ihn ein Bruder tot im Stuhl sitzen, vor sich alles bereit zur Feier der Eucharistie.

Anmerkungen

Pater (Mehrzahl Patres) = katholischer Ordensgeistlicher, oft auch Lehrer an einer konfessionell geführten Internatsschule. In den Texten ist der Kapuzinerorden gemeint, ein Franziskanischer Reformorden.

Eucharistie = Abendmahl

Guardian = Vorsteher eines Klosters (Franziskaner)

Kapuziner = Franziskanischer Reformorden

Anima candida = einfühlsame Wesensart

Heimweh

Es mag noch in der 4. Klasse der Klosterschule gewesen sein, als ich eine Möglichkeit sah, dem strengen Internatsleben (s. auch *Erinnerungen an Dingsda*, *Das Maturatreffen*) für eine kurze Zeit zu entfliehen.

Und das kam so: Meine Mutter, mit der ich oft telefonierte, schickte mir von Zeit zu Zeit ein Postpaket mit der Lokalzeitung, dem Pfarrblatt und einmal eine Süssigkeit, damals ohne böse Absicht noch «Mohrenkopf» genannt (eine Köstlichkeit aus dem reichen Patisserieangebot des Ortsbäckers), damit ich fern der Heimat mit dem Dorfleben doch noch einigermassen verbunden bliebe. Der Entscheid, diese Verbundenheit umgehend zu erneuern, war für mich der Hinweis im Pfarrblatt, dass in unserer Gemeinde am folgenden Sonntag das Patrozinium St. Peter und Paul gefeiert werde. Unerwartet medienwirksam aufgewertet: Radio Basel anerbot sich, den Gottesdienst zeitgleich auszustrahlen.

Ich meldete mich unverzüglich beim Präfekten meiner Abteilung und ersuchte um einen Heimaufenthalt über das Wochenende. Ich erinnerte den Vorsteher daran, dass der Eintritt in die 4. Klasse der Internatsschule im Griechisch den Jahresstoff der 3. Klasse voraussetze. Weil an der aargauischen Bezirksschule Altgriechisch nicht angeboten wurde, habe sich der Dorfpfarrer bereit erklärt, mir den fehlenden Stoff in Privatstunden zu vermitteln. Gestützt aufs Lehrbuch und das Fachwissen, das der geistliche Herr aus seiner Studienzeit noch präsent hatte. Ich machte fleissig mit, der Pfarrer gefiel sich in der Rolle des humorigen Professors. Der Eintritt in die 4. Klasse war schnell gesichert.

Als Zeichen der Dankbarkeit für die guten Dienste des Pfarrers fühle ich mich verpflichtet, am Festgottesdienst teilzunehmen.

Der Präfekt meinte, der Pfarrer habe wohl vorzügliche Arbeit geleistet, meine Argumentation sei jedoch etwas verwirrend. Als Begründung für eine solche Reise genüge sie jedenfalls nicht. Ich war enttäuscht.

Zum Glück hatte ich noch den Plan B.

Am kommenden Samstag, als sich die Studenten zum obligatorischen Morgengottesdienst in der Kapelle einfanden, blieb ich zurück, schlich vorsichtig aus dem Haus, ging schnell vorbei an der Klosterkirche mit den Gräbern verstorbener Mönche und weiter zum Dorfplatz. Beim Winkelrieddenkmal zwischen Dorfkirche und Rathaus gedachte ich kurz des als Helden verehrten Arnold von Winkelried. Nach der Legende hat er bei der Schlacht von Sempach ein Bündel Lanzen der habsburgischen Ritter gepackt und sich selbst aufgespiesst. So öffnete er den Eidgenossen eine Bresche, die zum Sieg gegen die Habsburger geführt habe.

Angesichts solchen Heldentums ging ich aufrecht und mit grossen Schritten hinunter in Richtung Bahnhof, löste dort ein Billett und wartete auf den nächsten Zug, der nach Luzern fuhr, wo ich mich nach Anschlussmöglichkeiten umsehen würde. – Alles verlief nach Plan.

Die Überraschung bei den Eltern war gross. «Wie hast du das nur geschafft?» rief meine Mutter und konnte ihre Freudentränen nicht zurückhalten. Mein Vater gab sich eher zurückhaltend: «Mich wundert nur, dass man Eltern bei solchen Entscheiden nicht vorzeitig informiert. Zu unseren Zeiten …» – «Ich weiss», flocht ich ein, «wäre das keinesfalls möglich gewesen.» – Vater lachte: «Und frech werden sie auch noch.» Ich flunkerte etwas von Erlaubnis und von höchster Stelle, mit dem Wunsch, wir sollten den segensreichen Tag in vollen Zügen geniessen. Am Sonntagabend müsse ich mich aber rechtzeitig zurückmelden.

Der Tag brachte mir die nötige Befreiung vom Internatsbetrieb. Eine Nacht mit eigenem Zimmer, eine würdige Patroziniumsfeier in der heimischen Kirche, Begegnungen mit alten Kollegen und einem Mädchen.

Die Zeit verflog im Nu. Am nächsten Morgen war ich bereit für die Rückreise.

Mutter vergoss wieder ein paar Tränen, Vater war das Ganze nicht geheuer. «Du bist alt genug», sagte er schliesslich und schüttelte den Kopf.

Die Fahrt verlief ohne Zwischenfälle. Ich betrat kurz vor dem Abendessen den Rekreationsraum unserer Abteilung. Dort war ich schnell umringt von neugierigen Kameraden, die mir zur heldenhaften Tat gratulierten.

Inzwischen hatte auch die Schulleitung von meinem Befreiungsschlag erfahren. Der Präfekt betrat den Raum und sagte, ich solle mich umgehend auf dem Rektorat melden.

Der Rektor, ein kleiner Mann im kastanienbraunen Ordens-
gewand und Zingulum, mit Kinnbart und Häubchen auf dem
Hinterkopf, war ausser sich. Sein Blick schien mich zu durch-
bohren. Er erwäge, mich sofort aus der Schule zu entlassen.
Wie in aller Welt ich mich eigenmächtig zu einem solchen
Vergehen habe hinreissen lassen. – Auf eine Art hatte mich
der Ausflug gestärkt. Was kurz zuvor nicht denkbar gewesen
wäre, hörte ich mich sagen, ich sei bereit meine Siebensachen
zu packen. Er solle tun, was die Internatsordnung in solchen
Fällen vorsehe.

Der Mönch atmete schwer.

Und dann geschah das Unglaubliche. Auf seine Weise schien
ihm meine unbekümmerte Art zu imponieren. Er müsse sich
das nochmals überlegen. Er werde auch mit meinen Eltern
und dem geistlichen Herrn Kontakt aufnehmen. Und dann
entscheide er sich in der einen oder andern Richtung. Unglaublich, was ich mir da herausgenommen habe.

Nur dies sei noch gesagt: Er entschied zu meinen Gunsten.

****

Kürzlich erhielt ich einen Anruf eines Mitschülers aus den
Stanser Jahren. Angeregt durch meinen Text, sei ihm einiges
aus jener Zeit wieder präsent geworden. Wenn auch mit al-
tersbedingten Einschränkungen. Manches komme ihm wenig
glaubwürdig vor. «In meiner Erinnerung bist du damals aus-
gebüxt. Habe ich das eigentlich nur geträumt oder hat dein
Befreiungsschlag wirklich stattgefunden?» – «Vergiss es: Si
non è vero è ben trovato», meint meine Frau.

Anmerkungen

Am Patronatsfest (auch Patrozinium genannt) feiert die katholische Kirche den Heiligen, dem die Kirche geweiht ist. Diese männliche oder weibliche Person übt dabei eine Art Schutzherrschaft aus. Sie hat in religiöser und ethischer Sicht ein vorbildliches Leben geführt und steht Gott nahe.

Präfekt = Vorsteher, Erzieher in meist kirchlichen Internaten; er betreut die Schüler in der Freizeit und bei der Erledigung der Hausaufgaben.

Rekreationsraum = Erholungsraum

Zingulum = Gürtel, den Ordensleute um ihre Kutte tragen

Si non è vero, è ben trovato = wenn es nicht wahr ist, ist es gut erfunden.

Der Vogelbeerbaum

Ich stehe am Fenster und schaue auf die kleine Wiese, die in ein Bord abfällt, das der Gärtner mit Kotoneaster ausgekleidet und am Innenrand mit einer Treppe aus Steinplatten versehen hat. «Und», fragt meine Tochter, «bist du zufrieden?» – «Schon, aber etwas fehlt mir, ich sähe gern einen Vogelbeerbaum am Ende der Treppe. Was meinst du, habe ich noch einen Wunsch frei für den Geburtstag?»

«Peanuts», lacht sie, «kürzlich haben wir im Naturkundeunterricht über diese Pflanze gesprochen. Man sieht sie überall, solche Büsche; als Bodenverbesserer, als Hangbefestigung, Windschutzgehölz…» – «Lass gut sein!» sage ich, «das Biologische ist mir eher Nebensache.» – Ich habe ein ungutes Gefühl. Und mit einem Blick auf meine Frau: «Hört ihr mir überhaupt zu? Ein Baum wäre mir lieber als ein Busch.» – «Warum ist dir überhaupt daran gelegen?», fragt Tante Emma, die gerade auf Besuch bei uns weilt. Dann klopft sie sich auf die Stirne: «Ich verstehe, das hat mit deiner Kindheit zu tun, darum muss es ein Baum sein. Ja, ja, die Wurzeln unserer Herkunft …» Und mit einem fast boshaften Nachsatz: «Die Beeren schmecken säuerlich-bitter. Und frisch sind sie leicht giftig.»

Ich gehe jeder Konfrontation aus dem Wege. Tante Emma ist nun mal Tante Emma. Sie provoziert, und nachher tut ihr alles furchtbar leid: «Wie konnte ich nur…?»

Ich halte mich zurück. Im Grunde geht es mir vor allem um die erbsengrossen roten Beeren, welche diese Bäume hervorbringen. Besonders kostbar sind sie in meiner Kindheitserinnerung, wenn nach einem nächtlichen Schneefall die Sonne zur späten Vormittagsstunde den Schnee langsam zum Schmelzen brachte und die Vögel sich begeistert an den Beeren gütlich taten.

Der Geburtstag hielt, was ich befürchtet hatte: Man schenkte mir einen Busch. Aber ich schwieg, wollte keine Missstimmung aufkommen lassen. Ich pflanzte ihn abends ein, am Ende der Treppe.

Im Spätherbst besorgte uns damals ein pensionierter Nachbar den Garten und schnitt alles nach seinem Gusto zurecht. Als ich eines Tages von der Schule nach Hause kam und mich nach dem kleinen Busch umsah, trat meine Frau vors Haus. «Tut mir leid», sagte sie, «der gute Franz war gründlich, hat den Busch mit dem Kotoneaster gleich bodennah geschnitten und alles zum Kompostkorb gebracht.»

Der Busch tat mir leid. Ich stellte mir vor, wie sich der Unerwünschte an einer Stammbildung versuchte. Aber die fünf Meter meines Vorbildes würden ihn überfordern. Und dem unerbittlichen Würgegriff des Kotoneasters wäre er wohl auch nicht gewachsen. Um ihm ein freudloses Dahinsiechen und anderes Leid zu ersparen, entschloss ich mich, das Projekt endgültig zu begraben.

Den grossen, stattlichen Vogelbeerbaum am Eingangstor zu meinem Elternhaus gibt es schon längst nicht mehr. Aber an Wintertagen, wenn die Sonne den nachts gefallenen Schnee zum Schmelzen bringt, schaue ich zur Mittagszeit vom Stubenfenster hinüber zu unserem Bord. Und manchmal meine ich, der alte Baum habe sich hier niedergelassen. Ich sehe wieder die erbsengrossen leuchtenden Beeren und lausche dem eifrigen Gezwitscher der hungrigen Vögel.

Strategien

Wer der leicht ansteigenden Bergstrasse folgt und, wo sie talwärts zieht, den Aufstieg in die obere Durchgangsstrasse wählt, übersieht meist ein Strässlein, das vor einem kleinen Gehölz endet. Hier steht unser Haus. Und das kam so.

In diesem Gebiet hatten meine Vorfahren Land besessen. Als Kind war ich oft hier, half bei den jahreszeitlich anfallenden Arbeiten, beim Heuen und Kirschenpflücken, und verzog mich an heissen Sommertagen in das kleine Gehölz, in dem es wohltuend kühl war und wo man Getränke in einem Bächlein kalt lagerte. Diese Vorfahren hatten sich längst zerstritten, das Land ging in fremde Hände, ich wusste nicht einmal, wie der jetzige Besitzer hiess.

Wir lebten damals noch in einer Mietwohnung, als ich eines Tages im Gemeindehaus fragte, wem dieses Wiesland gehöre. Man nannte mir einen ortsansässigen Bauern, und es stellte sich heraus, dass er einen Sohn besass, mit dem ich einst die Primarschule besucht hatte, was ich vielleicht zu meinem Vorteil nutzen konnte. Unverzüglich rief ich den Bauern an, sagte etwas von Landkauf und lud ihn zu einem Gespräch ein ins Hotel Rebstock. Zu einem Termin, den er selber bestimmen könne.

Dann sassen wir uns gegenüber, in einer Nische der Wirtschaft. Geschützt vor neugierigen Gästen. Er, der alte Mann, das Gesicht von der Sonne gebräunt und mit tiefen Furchen durchzogen. In einer schwarzen Kleidung. Es mochte der

Sonntagsanzug sein. Ich kam mir etwas seltsam vor, mit Leibchen und Trainerhose.

Dann lancierte ich einen ersten Schachzug. «Ein Glas Wein?» – «Warum nicht», erwiderte der Bauer. Ich bestellte einen halben Roten vom Einheimischen. Wir prosteten uns zu. Ich räusperte mich kurz und fragte, wie es ihm gesundheitlich gehe. Er müsse kürzer treten, klagte er. Das Alter mache ihm langsam zu schaffen. Rheuma und so, kaputte Gelenke. Er komme am Morgen oft kaum mehr aus den Federn. Zum Glück habe er noch einen Knecht, aber wenn halt die Eigenen … Er lehnte sich zurück. Mein Anliegen rückte in weite Ferne. Nach einer längeren Pause ergriff er unerwartet die Initiative. «Sie sind offenbar an einem Landkauf interessiert.» Er beugte sich nach vorn und sah mich erwartungsvoll an.

Ich hätte an eine Wiese gedacht, begann ich, ob die überhaupt käuflich sei. Und ob das Gehölz dazugehöre. Der Bauer wusste sofort, von welchem Land ich redete. Mir war vor allem auch am Wäldchen – einem Erholungsraum – sehr gelegen, aber ich tat nichts dergleichen, äusserte mich geringschätzig, jammerte, dass unnützes Holz den Kaufpreis herabsetzen müsse. Dann hob ich das Glas, wir stiessen miteinander an. Die Lage wurde ernst.

Der Bauer verzog sein Gesicht. Er begreife, dass ich das so sehe. Aber er verkaufe den Fleck nur als Ganzes. Er sei gut ausgerüstet mit Maschinen und Werkzeug und fälle den unnützen Wald auf Wunsch und ohne Aufpreis, also zum vorgeschlagenen Quadratmeterwert.

Um das Gefecht etwas aufzulockern, kam ich nun auf seinen Sohn zu sprechen. Aber die sicher geglaubte Wirkung blieb aus. Der Bauer nickte zu allem, was ich vorbrachte, aber trennte das Private klar vom Geschäftlichen.

Heute war wohl nichts zu machen. Der Alte blieb stur. Wir einigten uns auf ein nächstes Treffen. «Bezahlen, bitte!» Ich winkte der Serviertochter.

Jetzt änderte ich meine Taktik. Der Entscheid sei mir zwar schwergefallen, habe mich schlaflose Nächte gekostet. Er solle den Wald in Gottes Namen halt stehen lassen und mir dafür mit dem Landpreis etwas entgegenkommen. Ich bestellte einen Halben vom Bessern. Aber was immer ich ins Feld führte, der Bauer liess sich nicht erweichen. Langsam spürte ich, wie mir der Wein in den Kopf stieg. Der Mann berichtete vom Pech im Stall und machte sich sorgfältig an einem Stumpen zu schaffen. Dann blies er kräftige Rauchwolken über den Tisch, mir wurde schier übel. Die Serviertochter sagte, der Wirt offeriere noch einen Kirsch. Ich winkte ab, erklärte mich mit dem vorgeschlagenen Preis einverstanden, und mit einem kurzen Blick auf die Wanduhr fügte ich hinzu, ein schwieriger Tag stehe mir bevor. Da sei ich auf den Schlaf angewiesen.

Wir standen beide auf. Ein Händedruck. Der Handel war besiegelt.

Ich weiss nicht mehr, wie ich den Heimweg schaffte. Doch plötzlich stand ich vor der Eingangstüre. Aber ich fand den Schlüssel nicht mehr. Da erinnerte ich mich, dass ich ihn in einem Rosenstock im Beet unter unserem Fenster versteckt hatte, aber ich wusste nicht mehr in welchem. Eine heikle Angelegenheit, da durfte nichts falsch laufen, kein Pflänzchen verletzt werden. Das Beet erwies sich seit geraumer Zeit als Renommierstück des Hauswarts. Vorsichtig begann ich mit blossen Händen zu graben, als plötzlich das Fenster über mir aufging. Meine Frau fragte: «Was machst du da?» Ich klärte sie auf. Sie sagte nur: «Komm du jetzt herein, du kannst morgen noch suchen. Es ist jetzt nicht die Zeit, in fremden Gärten die Rosenbeete zu lockern.»

Aufsicht

Die Semesterferien standen bevor, als mich ein Schulpfleger des Nachbardorfs anfragte, ob ich nicht Lust hätte, eine Stellvertretung auf der Unter-/Mittelstufe zu übernehmen, für 3 Wochen, der Stelleninhaber habe ein militärisches Aufgebot erhalten.

Die Anfrage hatte ihren Reiz. Ein finanzieller Zustupf war immer willkommen, zudem plante ich einen Studienwechsel in Richtung Lehrberuf, da war eine Schnupperlehre das richtige Angebot. Ich sagte zu, und der Lehrer, den ich von früher her kannte, besprach mit mir das zu bearbeitende Pensum.

Ich erinnere mich immer wieder gerne an diesen ersten Kontakt mit dem Beruf, der mich auf einer andern Stufe ein Leben lang erfüllte. Unvergessen ist ein Vorfall in der zweiten Woche. Eine Rechenstunde war's. Da klopfte jemand an der Türe. Ich wollte eben ans Fenster treten und eine Zigarette rauchen, als es erneut klopfte. Ich öffnete. Ein Herr in schwarzem Anzug sagte, er sei sozusagen auf der Durchreise und würde gern einen Schulbesuch machen. In Unkenntnis des hier zu praktizierenden Verhaltenscodes bat ich ihn herein. Er schaute sich kurz um und meinte, ich solle mich nicht stören lassen, ging dann von Bank zu Bank, nahm hie und da ein Heft, das er durchblätterte, erkundigte sich bei den Kindern nach ihren Lieblingsfächern und fragte, ob sie gerne zur Schule gingen. Dann kam er auf mich zu, entschuldigte sich für die Störung und verabschiedete sich mit einem warmen

Händedruck. – Draussen sah ich, wie er eine schwarze Limousine bestieg und auf dem Rücksitz Platz nahm. Der Wagen fuhr an, am Steuer sass ein uniformierter Chauffeur.

In der Pause erzählte ich dem Abwart von dem merkwürdigen Besuch. Der lachte: «Ja, das konnten Sie nicht wissen. Das ist der Erziehungsdirektor. Er sucht immer wieder den Kontakt mit der Basis. Übrigens, gut zu wissen: Ich wäre nicht erstaunt, wenn demnächst auch noch der Inspektor bei Ihnen vorstellig würde.»

Und in der Tat, der Gestrenge hatte seinen Auftritt in der folgenden Woche. Es war an einem schwülen Sommertag. Wir waren gerade am Kopfrechnen. Ich wies ihm einen Stuhl zu beim leicht geöffneten Fenster. Er lockerte seine weinrote Krawatte, schlüpfte aus der grauen, langarmigen wollenen Jacke, hängte sie über die Lehne und setzte sich. Dann rieb er mit einem grossen weissen Nastuch das schweissnasse Gesicht und bat mich, den Unterricht fortzusetzen. Ich ging mal die Reihen durch und machte um der Gerechtigkeit willen auch nicht Halt vor der schwächsten Schülerin, dem Mariele. Es ging um die Neunerreihe.

Als ich ihr eine Aufgabe stellte – ich glaube, es handelte sich um 3 mal 9 = ? – schwieg sie. Ich wusste, sie würde weiter schweigen. Sie regte sich immer gleich furchtbar auf, wenn sie mit etwas Unerwartetem konfrontiert wurde. Schliesslich bat der Gestrenge um mein Büchlein und sagte: «So, Kind, jetzt nimm dich mal zusammen. Das kriegen wir doch hin! Wir zwei.» Er lächelte väterlich. «Beginnen wir mal mit 1 mal 9 = ?» Oh, wie hoffte ich, dass sie weiter schweigen würde. Und in der Tat, Mariele hielt durch. Sass da wie ein Häufchen

Elend. Die Tränen rannen ihr übers Gesicht. Ich hätte sie am liebsten umarmt. Der Inspektor schien leicht verwirrt: «Da ist Hopfen und Malz verloren», seufzte er und mit Blick auf mich: «Übernehmen Sie wieder! Ah ja. Und wo finde ich die Aufsatzhefte? Ich sehe sie mir in der Pause mal an.» – In diesem Moment läutete die Glocke. Sein Blick fiel zufällig auf den mit Zigarettenstummeln gefüllten Aschenbecher. Ob Rauchen während des Unterrichts überhaupt gestattet war? ging mir durch den Kopf. Und als könne er Gedanken lesen, brummte er: «Gerade verbildlich ist das ja nicht.» Dann vertiefte er sich in die Aufsätze. Ich schob das Zigarettenpäcklein in die Pultschublade und leerte den Aschenbecher in den Abfallkorb.

In einem späteren Bericht äusserte sich der zuständige Inspektor über meine Lektion: «Man merkt die fehlende Schulpraxis. Aber Ihre ruhige Art und das zielgerichtete Vorgehen sind Versprechen für die Zukunft.» Das Rauchen erwähnte er nicht.

Es wird heute etwas später...

Ich bin gern in die Schule gegangen, als Schüler und später als Lehrer. Als Lehrer fast noch lieber. Nur: der Lehrer altert, und der Schüler bleibt im Saft. Schattenseiten hat halt alles im Leben, Sonnenseiten aber auch. Und die haben's mir angetan, mit denen lässt sich gut leben.
Unser Nachbar, Herr Döbeli, tut sich schwer mit seinem Job. Er ist Informatiker, noch nicht im Pensionsalter und erzählt mir ständig von seiner beruflichen Arbeit.

Herr Döbeli ist Witwer, schätzt die Unterhaltung mit mir, braucht den intellektuellen Kontakt, wie er versichert. Und kennt meistens nur ein Thema. Herr Döbeli erzählt von seiner beruflichen Arbeit und nur von seiner Arbeit. Und die verläuft in etwa immer gleich. Das kommt mir zugut, ich kann dann auch mal weghören, ohne Wesentliches zu verpassen.

Eine typische Version lautet so:

«Es ist Dienstag, gegen 18 Uhr. Ich sitze wie üblich noch im Büro. Die meisten Kollegen haben sich in den wohlverdienten Feierabend verabschiedet. Es wird langsam ruhig im Raum. Auch die Kadenz der eingehenden Emails hat merklich abgenommen, der «produktive» Teil meines Arbeitstages beginnt. – Setzt sich fort bis Donnerstag. Dann folgen zwei Wochen ersehnte Ferien.

Das bedeutet momentan Mehrarbeit in Form von Korrespondenz, Spezifikationen, Feedback-Anfragen usw. Die Arbeit während meiner Abwesenheit soll möglichst reibungslos weitergehen.

Zwei Kollegen sitzen noch im Grossraumbüro, als Kevin eintritt und auf meinen Arbeitsplatz zusteuert. In der Hierarchie steht er eine Stufe über mir, führt ebenfalls eine Abteilung, aber nicht als mein Vorgesetzter. «Hast du Zeit und Lust auf eine Zigarette?» frägt er. Ein- oder zweimal pro Woche gönnen wir uns eine kurze Pause im Hinterhof. Sie darf auch hin und wieder etwas länger dauern. Wir tauschen uns aus über das, was in der jeweiligen Abteilung vor sich geht. So lässt sich auf eine recht effiziente Art die Kommunikation und Zusammenarbeit zwischen den Abteilungen verbessern.

Heute ist Kevin ausserordentlich gesprächig. Er lässt das Zuhören weitestgehend aus. Es spielt keine Rolle, ob ich gerade über eine angemessene Antwort nachdenke, ob ich mit einem ersten Satz zu antworten begann oder die Antwort in Form von ein paar Worten einleitete – Kevin redet einfach weiter, beantwortet seine Fragen gleich selber, wechselt das Thema oder fährt aufgrund eines von mir geäusserten Stichworts mit einem abweichenden Thema weiter.

Ein Blick auf die Uhr: Die Zeit verrinnt. Und es wird ungemütlich kalt. Mir geht durch den Kopf, was ich wegen meiner anstehenden Ferien noch alles erledigen muss. Vor allem jetzt, denn am Tag zuvor hat das Management eine Entscheidung getroffen, welche am Mittwoch, gleich nach der Mittagspause, gegenüber der gesamten Belegschaft offiziell angekündigt werden soll. Eine begrüssenswerte Entscheidung, für mich aber gleichbedeutend mit happiger Mehrarbeit.

Ich bewege mich langsam in Richtung Eingang. Mit der Zeit reagiert auch Kevin und folgt mir zurück ins Büro. Dabei redet er weiter. Am Arbeitsplatz möchte ich ihm freundlich erklären, dass ich gerade keine Zeit für weitere, tiefgreifende Gespräche habe. Aber letztlich schätze ich diese Art von Austausch zwischen den Abteilungen, und um dies nicht mit einem möglichen Missverständnis zu gefährden, unterbreche ich ihn nicht.

Irgendwann wird mir klar, dass ich heute rein gar nichts mehr werde erledigen können. Gegen 22 Uhr packe ich meine Sachen und signalisiere Kevin eindeutig, dass das Gespräch zu einem Ende kommen muss. Selbst wenn er seinen Redestrom nicht unterbräche, würde ich mich auf den Heimweg machen.

Mittwoch. Der Entscheid des Managements wird öffentlich. Wegen des kurzfristigen Termins musste ich ein Mitarbeitergespräch nach hinten verschieben und verkürzen, weil gleich danach weitere Meetings anstehen. Alles verläuft planmässig. Es werden einige Zahlen präsentiert, dann wird dargelegt, was entschieden wurde und warum, – mit Bezug auf die gezeigten Zahlen –, das geplante Vorhaben absolut Sinn macht.

So sehr ich die Entscheidung begrüsse, grosse Begeisterung mag nicht aufkommen. Während sieben oder acht Monaten hat man darüber geredet und sich lange nicht definitiv entscheiden können. Hätte man sich vor drei Monaten festgelegt, hätte das nun kommunizierte Ziel, das Vorhaben bis Ende des laufenden Jahres umzusetzen, absolut Sinn gemacht. Nun aber sind wir viel zu spät dran, und der Druck auf das Team ist enorm, sehr viel höher als er hätte sein müssen. Auch wird es nicht möglich sein, in der vorgegebenen Zeit die benötigte Qualität zu bieten. Der Druck wird so auch nach dem Erreichen des Ziels sehr hoch bleiben, weil laufend Nachbesserungen notwendig sein werden.

Die Präsentation neigt sich dem Ende zu, soeben wurde die Fragerunde eingeläutet. Aufgrund meiner zentralen Rolle in dieser Angelegenheit müsste ich jetzt eigentlich das Wort ergreifen und der Belegschaft erklären, wie begeistert ich bin, aber in Anbetracht der beschriebenen Situation verzichte ich darauf.

Da meldet sich Felipe, Abteilungsleiter wie Kevin, aber in einer anderen Abteilung. Obwohl er nicht so sehr von der Entscheidung betroffen ist – zumindest nicht so direkt, wie ich es bin – verkündet er, wie unglaublich toll er dieses Vorhaben findet, wie sehr ihn das motiviert, wie sehr er sich über das Vorhaben freut, und dabei geizt er nicht mit lobenden Worten gegenüber dem Management. Dies erhöht nun den Druck auf mich, in den Reigen einzustimmen, doch ich widerstehe der Versuchung. Es wäre einfach nicht authentisch, wenn ich mich auf diese Weise äussern würde, also lasse ich es lieber bleiben.

Nun ergreift Kevin das Wort und erklärt, dass … ähm … ich… doch meine Gedanken befassen sich mit dem Mitarbeitergespräch, zu welchem ich nun, aufgrund der bereits überzogenen Zeit des Ankündigungs-Meetings, nicht rechtzeitig erscheinen werde.

Merkwürdig: Norbert verlässt den Saal. Norbert ist mein Mitarbeiter, arbeitet in einem unserer Büros, das nicht in der Schweiz liegt. Ein regelmässiger Gedankenaustausch ist daher wichtig. Zudem bin ich seit Anfang des Jahres sein Vorgesetzter. Mich hält nichts zurück.

Mit fast zehn Minuten Verspätung wähle ich mich in das Online-Meeting zum Mitarbeitergespräch ein.

Norbert wartet bereits. Die Verspätung ist mir peinlich. Um abzulenken frage ich ihn gleich zu Beginn, warum er das Meeting verlassen habe. «Das war, als Kevin das Wort ergriffen hat», sagt er. Ich kann nicht anders als laut loslachen. «Nein, nein», erwidert er, «nichts gegen Kevin! Kevin bringt gute, interessante Dinge zur Sprache. - Nur sind diese erfahrungsgemäss für meinen Arbeitsalltag dann doch nicht so enorm wichtig.» Freundlich beruhige ich ihn: «Wir verstehen uns».

Norbert äussert sich auch zum Ankündigungs-Meeting. «Die Entscheidung finde ich sehr gut, inhaltlich gesehen ist das alles eine tolle Sache, nur gibt es auch Dinge, die sich bei dieser Art von Meeting stets wiederholen, was ziemlich unnötig ist.» – «Was meinst du damit?» – «Nun, wenn eine Entscheidung mit einer gewissen Tragweite kommuniziert wird, dauert es jeweils nicht lange, bis Felipe vor versammelter Belegschaft das Wort ergreift und verkündet, wie unglaublich begeistert er davon ist». Erneut kann ich nicht anders als loslachen. Eben hatte ich mir noch Gedanken bezüglich Authentizität gemacht – et voilà! – Norbert ist ein guter Mitarbeiter, der sich vorbildlich um den Zusammenhalt des Teams in seinem Büro kümmert.

****

«Auf ein Bier im Sternen!» schlag ich vor. «Einverstanden. Zum Glück habe ich meiner Frau gesagt, dass es heute etwas später wird.» Ein guter Kumpan, geht mir durch den Kopf, gar ein Hellseher?

Männerabend

Das war an der kantonalen Jahresversammlung der pensionierten Lehrkräfte. Hermann meinte beim Abschied, in unserem Alter sollte man sich häufiger treffen und in kleinerem Rahmen. Immer mehr schätze er auch Männerabende. – Ich hielt mich zurück: «Das eine tun und das andere nicht lassen. Klär doch mal ab, welche Kollegen sich für ein solches Treffen interessieren, ich lade dann zu einer ersten Zusammenkunft ein.» – Hermann nickte: «Wenn du meinst.» – Später schien mir mein Vorschlag etwas vorschnell, das Ziel zudem heikel. Kurz, ich verlor das Ganze aus den Augen, bis mich ein Zufall an mein Versprechen erinnerte.

Beim Räumen im Estrich stiess ich auf eine vergilbte Schachtel, beschriftet mit **SCHULE**. Vorbei, dachte ich, alles zu seiner Zeit. Dann dämmerte mir: Vielleicht fand ich da einen lockeren Einstieg in unsern Abend. Ich klemmte die Schachtel unter den Arm und ging vorsichtig die Treppe hinunter.

Im Büro sah ich den Inhalt kurz durch. Er enthielt mehrere Mäppchen mit Lektionshinweisen. Ich griff nach den **«Stilebenen»**. Sie enthielt **unterschiedliche Versionen des Märchens «Rotkäppchen»**.

Diese und weiteres Material würde ich für meine Kollegen in gekürzter Form kopieren und zur Diskussion stellen. Als Erinnerung an vergangene Zeiten.

Da war zunächst die **Märchenfassung der Gebrüder Grimm.**

Es war einmal eine kleine süsse Dirne, die hatte jedermann lieb, der sie nur ansah, am allerliebsten aber ihre Grossmutter. Sie wusste gar nicht, was sie alles dem Kinde geben sollte. Einmal schenkte sie ihm ein Käppchen von rotem Samt, und weil ihm das so wohl stand und es nichts anderes mehr tragen wollte, hiess es nur noch das Rotkäppchen. Eines Tages sprach seine Mutter zu ihm: «Komm, Rotkäppchen, da hast du ein Stück Kuchen und eine Flasche Wein, bring das der Grossmutter hinaus! Sie ist krank und schwach und wird sich daran laben. Mach dich auf, bevor es heiss wird, und wenn du hinauskommst, so geh hübsch sittsam, und laufe nicht vom Weg ab, sonst fällst du und zerbrichst das Glas, und die Grossmutter hat nichts. Und wenn du in ihre Stube kommst, so vergiss nicht, guten Morgen zu sagen, und guck nicht zuerst in allen Ecken herum!» – «Ich will schon alles gut machen», antwortete Rotkäppchen der Mutter und gab ihr die Hand darauf.

Die Grossmutter aber wohnte draussen im Wald, eine halbe Stunde vom Dorf. Als nun Rotkäppchen in den Wald kam, begegnete ihm der Wolf. Rotkäppchen wusste nicht, was das für ein böses Tier war und fürchtete sich nicht vor ihm. «Guten Tag, Rotkäppchen!» sagte er. «Schönen Dank, Wolf!» – «Wo hinaus so früh, Rotkäppchen?» – «Zur Grossmutter.» – «Was trägst du unter der Schürze?» – «Kuchen und Wein. Gestern haben wir gebacken. Da soll sich die kranke und schwache Grossmutter etwas zugute tun und sich damit stärken.» – «Rotkäppchen, wo wohnt deine Grossmutter?» – «Noch eine Stunde weiter im Wald, unter den drei grossen Eichen, da steht ihr Haus. Unten sind die Nusshecken, das wirst du ja wissen», sagte Rotkäppchen. Der Wolf dachte bei sich: Das junge, zarte Ding, das ist ein fetter Bissen, der wird noch besser schmecken als die Alte. Du musst es listig anfangen, damit du beide erschnappst! Da ging er ein Weilchen hinter Rotkäppchen her. Dann sprach er: «Rotkäppchen, sieh einmal die schönen Blumen, die ringherum stehen. Ich glaube, du hörst gar nicht, wie die Vöglein so *lieblich singen? Du gehst ja für dich hin, als wenn du zu Schule gingst, und es ist doch so lustig hier im Wald!»*

Rotkäppchen schlug die Augen auf, und als es sah, wie die Sonnenstrahlen durch die Bäume hin und her tanzten und alles voll schöner Blumen stand, da dachte es: Wenn ich der Grossmutter einen frischen Strauss mitbringe, so wird er ihr auch Freude machen: Es ist so früh am Tag, dass ich doch zu rechter Zeit ankomme! Sie lief vom Weg ab in den Wald hinein und suchte Blumen und geriet immer tiefer in den Wald hinein.

Der Wolf aber ging geradewegs nach dem Haus der Grossmutter und klopfte an die Tür. «Wer ist draussen?» fragte sie. – «Rotkäppchen, das bringt Kuchen und Wein, mach auf!» – antwortete der Wolf. – Der Wolf drückte auf die Klinke, die Tür sprang auf, und er ging ohne ein Wort zu sagen gerade zum Bett der Grossmutter und verschluckte sie. Dann tat er ihre Kleider an, setzte ihre Haube auf, legte sich in ihr Bett und zog die Vorhänge vor. Rotkäppchen aber war nach den Blumen herumgelaufen, und als es so viele beisammen hatte, dass es keine mehr tragen konnte, fiel ihm die Grossmutter wieder ein, und es machte sich auf den Weg zu ihr. Es wunderte sich, dass die Tür offen war, und als es in die Stube trat, kam es ihm so seltsam darin vor, dass es dachte: Ei, du mein Gott, wie ängstlich wird mir's heut zumut, und ich bin doch sonst so gern bei der Grossmutter! – Es rief: «Guten Morgen», bekam aber keine Antwort. Darauf ging es zum Bett und zog die Vorhänge zurück. Da lag scheinbar die Grossmutter und hatte die Haube tief ins Gesicht gezogen und sah so wunderlich aus. «Ei, Grossmutter, was hast du grosse Ohren?» – «Dass ich dich besser hören kann!» – «Ei, Grossmutter, was hast du für grosse Augen?» – «Dass ich die besser sehen kann!» – «Ei, Grossmutter, was hast du für grosse Hände?» – «Dass ich dich besser packen kann!» – «Aber, Grossmutter, was hast du für ein entsetzlich grosses Maul?» – «Dass ich dich

besser fressen kann!» Kaum hatte der Wolf das gesagt, so tat er einen
Satz aus dem Bette und verschlang das arme Rotkäppchen. (…)

Rotkäppchen – diesmal amtlich

Im Kinderanfall unserer Stadtgemeinde ist eine hierorts wohnhafte, noch
unbeschulte Minderjährige aktenkundig, welche durch ihre unübliche
Kopfbekleidung gewohnheitsrechtlich Rotkäppchen genannt zu werden
pflegt. Der Mutter besagter R. wurde seitens deren Mutter ein Schreiben
zugestellt, in welchem dieselbe Mitteilung ihrer Krankheit und Pflegebe-
dürftigkeit machte, worauf die Mutter der R. dieser die Auflage machte,
der Grossmutter eine Sendung von Nahrungs- und Genussmitteln zu
Genesungszwecken zuzustellen.

Vor ihrer Inmarschsetzung wurde die R. seitens ihrer Mutter schulisch
über das Verbot betreffs Verlassen der Waldwege auf Kreisebene be-
lehrt. Dieselbe machte sich infolge Nichtbeachtung dieser Vorschrift
straffällig und begegnete beim Übertreten des diesbezüglichen Blumen-
pflückverbotes einem polizeilich nicht gemeldeten Wolf ohne festen
Wohnsitz. Dieser verlangte in unberechtigter Amtsanmassung Einsicht-
nahme in das zu Transportzwecken von Konsumgütern dienende Korb-
behältnis und traf in Tötungsabsicht die Feststellung, dass die R. zu
ihrer verschwägerten und verwandten, im Baumbestand angemieteten
Grossmutter eilends unterwegs war.

Da wolfseits Verknappungen auf dem Ernährungssektor vorherrschend
waren, fasste er den Beschluss, bei der Grossmutter der R. unter Vorlage
falscher Papiere vorsprachig zu werden. Weil dieselbe wegen Augenlei-
dens krankgeschrieben war, gelang dem in Fressvorbereitung befindli-

chen Untier die diesfallsige Täuschungsabsicht, worauf es unter Verschlingung der Bettlägerigen einen strafbaren Mundraub zur Durchführung brachte.

Ferner täuschte das Tier bei der später eintreffenden R. seine Identität mit der Grossmutter vor, stellte derselben nach und durch Zweitverschlingung der R. seinen Tötungsvorsatz erneut unter Beweis.

Der sich auf einem Dienstweg befindliche und im Zuge der Beförsterung zuständige Waldbeamte B. vernahm Schnarchgeräusche und stellte deren Urheberschaft seitens des Tiermaules fest. Er reichte bei seiner vorgesetzten Dienststelle ein Tötungsgesuch ein, das dortseits zuschlägig beschieden und pro Schuss bezuschusst wurde. Nach Beschaffung einer Pulverschliessvorrichtung zu Jagdzwecken gab er in wahrgenommener Einflussnahme auf das Raubwesen einen Schuss ab…

Ein Typ erzählt Rotkäppchen

In dieser Story geht's um sonen reichen Zahn, sah mordsknackig aus, war aber durch die feine Family total out. Jede Menge Klamotten und sonen Plunder, dafür immer auf liebes Mädchen machen und sonen Scheiss. Die fuhr voll drauf ab und lief noch mit soner affigen roten Samtmütze rum, die ihr die Grossmutter mal verpasst hatte. Durch selbige antike Dame kam die Story ins Rollen. Die lag eines Tages flach, Migräne und so, und erwartete, dass die liebe Family anmarschiert. Der Zahn musste mit einem Fresskorb in den Wald latschen, wo der Nobelschuppen der maroden Alten stand. Da kommt ein haariger dunkler Typ angepirscht und ist unheimlich scharf auf den Zahn, weil der so heiss aussieht. Nur ist er wegen seiner scheissbürgerlichen Erziehung total verklemmt und lässt ne unheimlich blöde Quatsche raus. Der Typ denkt, dass er das schon irgendwie managed und macht auf romantisch, so mit Blümelein, Vögelein und heiteratatei. Sie kapiert aber wieder nicht die Bohne was läuft und griffelt unentwegt alte Blumen für die abgeschlaffte Alte und labert dabei die Story vom kranken Friedhofsgemüse. Da haut er ab, nix wie hin in die Vila, die alte Dame aus der Poofe (Schlafstelle, Bett, Liege; sehr gebräuchlich in der Bundeswehr) geschmissen und sich schon mal selber reingehauen. Als der Zahn endlich anschlurft, schnallt er nichts. Hat wohl seine Linsen nicht drin oder ist sonstwie ein bisschen belämmert, steigt aber voll auf die Masche ein. Nach einem bisschen Geplänkel von wegen grosser Nase und Augen und so ist die Sache geritzt. Der Typ griffelt sich den Zahn und vernascht ihn. Da macht die verklemmte Lady Zoff. Vielleicht hätte sie auch selber nen Bock auf den Typ gehabt. Bei dieser Sorte Weiber ist ja alles drin. Jedenfalls holt sie sonen Flintenspezi als Verstärkung. Der spielt sich als der dicke Macker auf und fuchtelt mit seiner Knarre rum, bis der Typ die Mücke macht... (U.Claus/R. Kurschera)

Aus der Frühzeit der Digitalisierung stammt wohl der **Ausschnitt aus einer alten *Kabaretnummer*** von C. Kaiser. Man nahm den Computer damals nicht ernst, dachte nicht an die grossen Annehmlichkeiten, die er brachte und gleichzeitig neue Probleme schuf. Leicht angepasst:

VIDEOTEX DATENBANK

READY. BITTE NAMEN UND CODE EINGEBEN!

Zneih Dracip.

READY. HALLO ZNEIH! WILLKOMMEN IN DER VI-
DEOTEX DAMENBANK. BITTE DEN NAMEN DER
GEWÜNSCHTEN RUBIK EINGEBEN!

Rubrik? Ferien?

OK. SUCHE RUBRIK FERNEI!
HALLO ZNEIH! WILLKOMMEN BEI REISEOTEX.
BITTE ENTER!

?Mallorca?

OK. SUCHE BEGRIFF MALLORCA. DIE FERIENIN-
SEL MOLLORCA IST EINE ERLE IM MITTELMEER.
WESTKÜSTE BESETZT. OSTKÜSTE NOCH PLAETZE
DREI. ANGABEN WIE IMMER OHNE GEWEHR.

Ostwüste?

OK. SUCHE BEGRIFF OSTWÜRSTE. DIESES WORT
KENNE ICH NICHT. BITTE ZNEIH, BRAUCHE DIE-
SES WORT NICHT!

Cancel?

OK. MACH FERIEN IM HOTEL COSTA BARVA.
NACH FERIEN IM HOTEL COTSA BRAVA SIND SIE
ERHOLT UND FROSCH:

Frosch?

OK. SUCHE BEGRIF FROSCH.

MAX FROSCH. SCHWEIZER SCHRIFTSTELLER. WERKE: MEIN NAME SEI GANTENBEIN. DER BESUCH DES ALTEN BRANDSTIFTERS.

Stop. Bitte zurück.

VERBUCHEN!

Bitte zurück.

VERBUCHEN WIR GERNE. FÜR SIE ZWEI PLAETZE IM COSTA BAVARA. MIT AKTIVFÜRSTHÜCK UND SCHLAUCHTAENZERINNEN. BITTE WURTEN BIS BUCHUNG BESTAETIGT:

Stop. Delete! Error!

TELEX COBROTEL. CONFIRMATION PER SINGOR ZNEIH DRACIP. END

DANKE FÜR DEN AUFTRAG

Wer sich mit den **Sitten in feineren Häusern** nicht auskennt, findet Rat im «Lesebuch» von Alfred Polgar. Zum Problem der Tischnachbarin bei Einladungen, hält er beispielsweise fest: ... *Besonders gefährlich ist jene Tischnachbarin, der man nie zuvor begegnet ist. Wie beginnt der Gentleman die Unterhaltung? Der gesellschaftlich erfahrene Mann hat ja stets ein paar zuverlässige Wendungen vorrätig, um den ersten Kontakt mit der Tischnach-*

65

barin herzustellen, wie etwa: «Ist Ihnen die Gesellschaft auch so uner-
träglich wie mir?» Oder: «Um Wievieles lieber sässe ich jetzt bei einem
Glas Bier im Wirtshaus!» – Einfacher ist die Sache, wenn die Dame
die Initiative ergreift und das erste Wort spricht: da sind doch gleich
Tonart und Tempo der Konversation eindeutig bestimmt. So hatte ich
einmal eine Tischnachbarin, deren erste Worte, nachdem ich ihr vorge-
stellt war, lauteten: «Komisch! Ich habe fest geglaubt, Sie sind schon tot.»
Da war doch gleich ein gemütlicher Ton angeschlagen und das Gespräch
gut in Schwung gebracht.

****

Das Treffen fand inzwischen statt. Protokollarisch sei festge-
halten: Teilnehmer = 12. Das vorgelegte Material stiess auf
grosses Interesse. Störend dabei war, dass es die üblichen Re-
aktionen in der Runde auslöste: Wie anspruchsvoll der Unterricht früher gewesen sei und wie heute vor allem nach dem
Lustprinzip unterrichtet werde. Lehrer und Lehrerinnen ge-
fielen sich zudem vermehrt in der Rolle der Schulonkel und
Schultanten. – «Einmal Lehrer – immer Lehrer», habe ein
Teilnehmer eingeworfen und verlangt, dass er im Protokoll
nicht namentlich erwähnt werde. Die meisten Teilnehmer
störten sich an der Formel «Männerabend». Nicht zuletzt
gehe es hier auch um die Wertschätzung der Frau. Auf allen
Ebenen fordere man heute gleiche Rechte für beide Ge-
schlechter. Eine solche «Männerbewegung» würde fast ge-
heilte Wunden wieder aufreissen.

Darüber hinaus labte man sich an den köstlichen Kanapees,
die meine Frau vorbereitet hatte, und dem fruchtigen Rijoa,
ein Geburtstagsgeschenk meiner Kinder.

Fazit: Hermann ist bereit, einen nächsten Abend nach seinem Gusto vorzubereiten. Er wird zu gegebener Zeit eine Einladung verschicken.

Die Fahrtüchtigkeitsüberprüfung

In Blockschrift und rot unterstrichen steht es in meiner Agenda: *Prüfungsvorbereitung mit Otto und Willi, Hotel Krone, 20.00.*

«Es wird heute etwas später», sage ich zu meiner Frau. Sie lächelt. «Ich kann's mir vorstellen. Bei diesem Thema. Am besten gehst du zu Fuss.»

Unterwegs dreht sich in Gedanken alles um den Einkauf im alten Warenhaus, das demnächst einem Neubau weichen muss.

Ich suche mit meiner Frau in der Kleiderabteilung nach einem Regenschutz, einer leichten Hose, geeignet für regnerische Spaziergänge mit unserem Hund. Während die Verkäuferin uns umfassend orientiert, bin ich in Gedanken wieder an der Prüfung. Meine Frau stösst mich in den Rücken: «Die hier. Ich denke, die entspricht deinen Bedürfnissen. Sie ist wasserdicht, sehr leicht und etwas weiter geschnitten, zusätzlich ist sie gefüttert. Bei der Grösse bin ich mir nicht sicher.» – Die Verkäuferin zeigt auf die Kabine: «Probieren Sie in aller Ruhe. Hier noch ein paar Beispiele aus der neusten Kollektion.»

«Ich bleib bei deinem Vorschlag», sage ich zu meiner Frau. «Ich meine, eine Regenhose ist kein gesellschaftliches Renommierstück, da kann man kaum etwas falsch machen.» Und bereits auf dem Weg zur Kasse: «Wie haben wir früher gesungen: Und schlägt die Haut dereinst auch Falten, wir bleiben stets die Alten.» Meine Frau, sonst nicht empfänglich für die lockere Sprache, die am studentischen Biertisch herrscht, findet lobende Worte. «Volltreffer», meint sie. Und: «Der Prüfungsstress, du Ärmster. Ein paar Tage noch, und alles ist vorbei. Und geniess deine Enkel.

«Erinnerst du dich an das Büchlein mit den Bildern zum Bauernhof, das wir unserem Kleinen zum Geburtstag geschenkt haben? Er will immer alles genau wissen.» – «Weisst du, wie man das nennt, was Hühnern und Hähnen vom Schnabel runter hängt?» hat er mich kürzlich gefragt. – «Ich war mir nicht sicher. Lappen vielleicht. Wieso willst du das wissen?» – «Weisst du, Grossvati hat auch so was unter dem Kinn.» – «Eine Hautfalte, meinst du.» – Und der Kleine: «Vielleicht. Aber das beim Hahn gefällt mir am besten.» –

****

In der Nische der Stammbeiz ist die Stimmung bedrückt. «Wenn's euch recht ist, bestellen wir einen vom Bessern», schlägt Otto vor. Er winkt der Serviertochter: «Unsern Rioja, du weisst schon.» Sie lacht: «Wie die Herren wünschen. Ich werde mich beeilen.»

Der Wein belebt das Gespräch nicht. Der Schock über das Aufgebot sitzt tief. Otto schwenkt das Schreiben, gerät in Rage: «Departement Volkswirtschaft ... periodische verkehrsmedizinische Untersuchung ... durch Ärztin oder Arzt mit verkehrsmedizinischer Anerkennungsstufe 1 ... Bericht bis spätestens ... allenfalls Einleitung eines Verfahrens zum Entzug des Führerausweises ...»

Was keiner ausspricht: Tief innen nagen die Zweifel, ob wir einer solch schwerwiegenden Situation rein altersmässig noch gewachsen sind. Ich richte mich seufzend auf: «Wisst ihr, was meine Frau letzthin gesagt hat: Tu dir das nicht an. Schau mal in den Spiegel, du bist bleich geworden in den letzten Wochen. Und diese Sorgenfalten. Ein uralter Mann.» Otto gesteht, er schaue schon gar nicht mehr in den Spiegel. Und Willi meint, er brauche den Spiegel nur beim Rasieren. Und da halte er mit dem Schaum nicht zurück. – Woran alle wohl denken: Wäre es bei einem solchen Verfallsprozess nicht gescheiter, das beigelegte Verzichtsformular zu nutzen und sich freiwillig einen ehrenvollen Abgang zu sichern?

Ich sage, die Situation erinnere mich an meine Gymnasialzeit. An eine Lektüre im Englischunterricht. Da haben sich drei Männer gefunden, die aufgrund ihrer Symptome glauben, unter schrecklichen, lebensbedrohlichen Krankheiten dahin zu siechen. – Psychopathen, denke ich im Rückblick, Angsthasen. Im Unterschied zu denen, die unter einem selbstgemachten Problem litten, verdanken wir unsern jämmerlichen Zustand einer real drohenden Katastrophe: Entzug unseres Führerausweises.

Nichts schmerzt im Alter so sehr wie Fehlentscheide, die man nicht wieder gut machen kann. Durchfallen kommt daher gar nicht in Frage.

«Peinlich, peinlich», brummt Otto, «das würde sich herumsprechen: Die Alten halt, irgendeinmal ist das Fest vorbei. – Apropos Durchfall.» – Otto sieht stets das Menschliche, das allzu Menschliche: «Was passiert, wenn ich mitten in der Prüfung plötzlich kurz austreten muss?» – Er zeigt seine harte

Seite: «Ich weiss das von Geschäftsleuten. Die haben immer ihre Sekretärin bei sich. Ohne Sekretärin bist du verloren.» – Willi will's wissen: «Warum, hat die eine grössere Blase?» – «Nein, nein, aber vermutlich bessere Nerven.»

Die flachen Sprüche kommen heute gar nicht an. Auch nicht meine Anspielung auf den Rorschachtest. – «Mit dem arbeiten Psychoanalytiker und Psychiater, um den psychischen Zustand ihrer Klienten zu ermitteln. Tintenkleckse unverständlicher Formen…» Otto winkt ab. Er fühle sich psychisch intakt. Seine Psyche sei ohnehin nicht Gegenstand der bevorstehenden Prüfung. Man muss wissen, er wittert überall den schweizerischen Kantönligeist. «Was brauchen die Rorschacher einen eigenen Test? Da gibt es heute doch Standards über Grenzen hinweg.» – Alle Augen richten sich auf Willi.

Und in der Tat, Willi ist hilfreich, hat sich auf Schleichwegen einen Einblick in die Prüfungsfragen verschafft, kann auch eigene Erfahrungen mit einbringen. In Sachen Rechnen: Er habe schon in der Primarschule Probleme mit dem Kopfrechnen gehabt. Und die hätten sich mit zunehmendem Alter noch verstärkt. Wenn er als Training von 200 jeweils die gleiche Zahl abziehe, komme er nie zum gleichen Endresultat wie seine Frau. – Die Tests seien zum Glück vielfältig, weiss Willi. Zuerst werde abgeklärt, wie gut man noch sehe. Dann müsse man die Augen schliessen, ausholen und mit dem Zeigefinger seine Nase suchen. Ferner dem Druck des Testers widerstehen, den neurologischen Gänsemarsch mit blossen Füssen gehen. Mehr dürfe er nicht verraten, er sei seinem Informanten gegenüber zur Diskretion verpflichtet. Nicht auszudenken, was geschähe, wenn die Anerkennungsstufe 1 erfahren würde, wie er sein Wissen, kameradschaftlich etwas vereinfacht, weiter gegeben habe.

Manchmal denke er, die Altersguillotine mache in unserem Kreis noch keinen Sinn. Wir brächten die Dinge immer wieder auf die Reihe.

Gegen Mitternacht bin ich zu Hause. Meine Frau schläft schon. Sie schreckt auf: «Neues zur Fahrtüchtigkeitsüberprüfung?» – «Schon gut», erwidere ich. «Das schaff ich mit links.» – «Herzliche Gratulation», haucht sie und dreht sich auf die andere Seite.

Demaskierung

Zur Zeit, als ich meine Stelle an einer aargauischen Bezirksschule antrat, setzte das Erziehungsdepartement ein neues Fortbildungspapier mit Kurspflicht in Kraft.

Den ersten Kurs, den ich belegte, war ein Maskenkurs, der mich sehr beeindruckte und der zu meinem besten Angebot im Bereich der schulischen Konzentrationswochen zählte.
Von diesem Kurs habe ich schon im Buch «Das Tor von Dingsda» berichtet. Hier erfährt er einen vertiefenden Hintergrund.

Im ersten Kursteil stellten wir eine persönliche Maske her (die gelungenste schmückt noch heute mein Büro), im zweiten Teil übten wir uns in der Kunst der Commedia dell'arte, einer Form des Theaters, die auf das Jahr 1545 zurückgeht. Dabei handelt es sich um ein Stegreiftheater mit 8 stets gleichen Figuren, die teilweise mit Masken auftraten. Gemeint sind der Pantalone (autoritär, verliebt, geizig, freigebend), der Dottore (ein Intellektueller), der Capitano (aufgeblasener Repräsentant militärischer Macht), Colombina (eine Kammerzofe mit jugendlicher Anmut) und andere.

Zur Einführung in die Commedia hatte der Kursleiter im Saal den Wänden entlang Masken ausgelegt. Er bat die Kursteilnehmer, diese Masken auszuprobieren. Wer sich in einer Maske wohlfühle, setze sich auf einen der im Raum verteilten Stühle und probiere eine Körperhaltung aus, die der vorgestellten Befindlichkeit der Maske entspreche, was da und dort ein befreiendes Lachen auslöste. – Mit einem Mal gingen an allen Fenstern die Storen hinunter, langsam und geräuschlos. Es wurde immer dunkler im Saal, als plötzlich ein Scheinwerfer aufblitzte und auf einer grossen Leinwand folgenden Text ausleuchtete:

«Da sitzen sie nun im Raume verteilt, eine schaubare Palette menschlicher Eigenschaften, von autoritär und arrogant, über naiv und leichtfertig bis hin zu verschlagen und dummschlau. Nachfahren jener Vertreter von Machtstrukturen (Familie, Gesellschaft, Staat, Gesetz, Militär u.a.), die sich in der Menschheitsgeschichte oft revolutionär gaben, aber jeglichen sozialen Reformwillen vermissen liessen.

Für das Publikum war das Commedia-Spiel eine Begegnung mit der eigenen Welt und den Ängsten vor Krankheit, Hunger oder Tod, die seinen Alltag bestimmten. Indem die Vertreter im Spiel der Lächerlichkeit preisgegeben wurden und Diener sich frei artikulieren konnten, war es dem Zuschauer möglich, Ängste abzubauen und Gefühle auszuleben.

Man redet hier auch von einer Katharsis in Anlehnung an die altgriechischen Tragödien und meint damit eine seelische Reinigung von bestimmten Affekten. Indem der Zuschauer beim Trauerspiel Jammer und Schauder durchlebt, erfährt er eine seelische Läuterung. Sein Gemütsleben gleicht sich aus.»

Anmerkungen

Tragödie = Trauerspiel
Affekt = Zustand aussergewöhnlicher seelischer Angespanntheit, die einen überfordert, z.B. im Affekt eine Straftat begehen
s. auch Kunz/Marchetti, Klett und Balmer 1986

Vita brevis, ars longa

Es ist spät geworden, letzte Nacht. Aber das ist immer so, wenn uns Hannes besucht. Hannes ist ein ehemaliger Nachbar aus der Zeit, wo wir noch in dem kleinen Dorf im Bernbiet wohnten. Er arbeitet in der Versicherungsbranche. Vor einem Jahr hat er seine Frau verloren. Nach langen Leidensjahren zwischen Hoffen und Bangen. «Du bist jederzeit willkommen», haben wir an der Beerdigung versprochen.

Hannes will niemanden mit seinem Schmerz belasten. Aber wenn ihm alles über den Kopf wächst, ruft er an. Meist nimmt Gerda, meine Frau, den Hörer ab. Das kurze Gespräch erinnert an ein Ritual: «Ist es euch recht, wenn ich morgen zum Mittagessen vorbeikomme? Ich habe in der Gegend zu tun». – «Es passt eigentlich immer», antwortet sie und mahnt abschliessend: «Fahr vorsichtig. Es sind immerhin fast zwei Autostunden, und die Autobahn gleicht auf dieser Strecke zeitweise einem Irrenhaus.»

Hannes ist angekommen. Wir sitzen in der Stube, reden über alltägliche Dinge, das Gespräch stockt. «Findest du dich einigermassen zurecht mit der Situation?», will ich fragen. Hannes kommt mir zuvor. «Geteilte Freude ist doppelte Freude», sagt er und spricht von seiner wachsenden Einsamkeit. «Stellt euch vor, wie hätte sich meine Frau mit mir gefreut. Ich habe gestern zufällig im Fernsehen Leonore beim Training gesehen. Ihr erinnert euch an das kleine Mädchen von nebenan, mit seiner speziellen Begabung. Der Sportbericht zeigte eine hübsche junge Frau, die auf der heimischen Koppel ihr Pferd schult.

Manchmal zeigt sich Talent schon im frühen Alter, etwa als Liebe zur Malerei, habe ich irgendwo gelesen. Lang, lang ist's her». Hannes lacht. «Ich weiss schon, dass die Nachbarn von Leonores Künsten nicht begeistert waren. Manche vermuteten dahinter eine ernsthafte Störung. So weit möchte ich allerdings nicht gehen. Obwohl ihr Auftritt etwas merkwürdig war.» Es ist plötzlich ganz ruhig geworden.

«Ich sehe sie vor mir mit ihrem Farbstiftkasten in der Tasche, wie sie im Quartier spazierte und geduldig wartete, bis jemand das Haus verliess, ohne die Türe sorgfältig zu schliessen. Hier trat sie ein und suchte einen Raum mit einem Möbel aus hellem Holz. Auf diesem zog sie mit ihren Stiften schnell ein paar Striche, packte die Farben wieder ein und verliess vorsichtig den Tatort.»

Meine Frau verschwindet in der Küche. Sie stellt auf dem Tisch das gewünschte kalte Buffet zusammen. «Man fasse einen Teller und lade ihn nach seinem Gusto», ruft sie. «Wir essen in der guten Stube.» Und da fällt's mir wieder ein. «Moment, bevor ich's vergesse, ich muss Hannes noch von einer Begegnung erzählen.» – «Ausnahmsweise, weil's du bist», lacht meine Frau. «Leute, die zur Vergesslichkeit neigen, werden hier bevorzugt behandelt.» – «Also, eines Tages stand Leonore mit einem Korb Gemüse vor unserer Türe. Die Mutter lasse grüssen. Mit einer Kostprobe aus dem eigenen Garten. Im kühlen Keller aufzubewahren, das welke schnell in diesen Hitzetagen.» – «Besorg ich doch gleich», versichere ich, «bin sofort zurück.»

Dann rede ich Leonore ins Gewissen. Ein feines Mädchen sei sie; schon bald eine junge, hübsche Frau. Und dass sie so gern male, sei eine löbliche Form, die Freizeit zu verbringen. Und dass wir ihr auf den Geburtstag ein Malbuch schenken würden, wo sie ihre Kunst in aller Ruhe ausleben könne.

Leonore verspricht, sich zu bessern und meint, sie müsse zeitig daheim sein. Sie sei bei ihrer Mutter gefragt als Küchenhilfe.

Ein köstliches Kind, denke ich, etwas frühreif. Vielleicht finde ich im Kasten noch ein Malbuch aus der Kinderzeit unserer Jungmannschaft. Ich bin stolz auf meine Intervention. Leonore hat ihre Lektion gelernt, ich bin davon überzeugt. Erleichtert kehre ich mich nach dem Schrank, drehe den Schlüssel und – mir stockt der Atem. Da hat jemand mit Farbstiften gewirkt.

Später weiss meine Frau von einer anderen Leonore zu erzählen. Beim Bäcker läutete sie an der Haustüre, und als er öffnete, sei sie mit dem Dackel (neueste Erwerbung der Familie) vor ihm gestanden, habe mit der Hand auf den Hund gezeigt und gedroht: «Das ist ein ganz gefährlicher Jagdhund.» Darauf habe sie die Leine kurz genommen, ohne weitere Worte rechtsumkehrt gemacht und sei erhobenen Hauptes verschwunden. Der Dackel habe dabei friedlich mit dem Schwanz gewedelt.

****

Hannes erinnert sich genau. So habe er sie auch erlebt. «Lang, lang ist's her.» Er schwärmt wieder vom Fernsehbeitrag.

«Eine Lektion der Hohen Schule. Lenore ist offensichtlich eine Frau geworden, die ihren eigenen Weg geht. Eine stattliche Figur in der Reiterausrüstung. Sie führt die Gerte mit leichter Hand, ihre Kommandos sind verhalten, aber klar. Der «gefährliche» Hund lebt wohl schon lange nicht mehr. Er hat sicher würdige Nachfolger gefunden.»

Es ist spät geworden. «Du schläfst bei uns, Hannes», beschliesst meine Frau. «Das ist mir zu gefährlich.» Ich greife nach der Flasche mit dem einheimischen Kirsch. «Ein Schluck zur rechten Zeit?» Hannes schaut auf die Uhr, winkt ab. Er will unbedingt den verabredeten Termin einhalten. Manchmal beneide ich ihn um seine Beharrlichkeit.

Hannes hat sich verabschiedet, mit allen guten Wünschen, auf ein nächstes Mal.

«Dann bin einmal ich dran als Gastgeber.»

Später spaziere ich mit Gerda auf unseren Hausberg. Von dort hat man einen sehenswerten Blick auf den weiten Kessel mit den sanften Jurahügeln. Sie hat etwas Beruhigendes, diese Aussicht. Bildet einen schönen Kontrast zu den massiven Gebirgen in unseren Alpen.

In der nahen Gartenwirtschaft trinken wir noch eine Tasse Kaffee. – Gerda drängt auf den Rückweg. – «Höre ich da etwas heraus von seniler Bettflucht?» Gerda ist verärgert. «War nicht so gemeint», beschwichtige ich sie. «Heute gehen wir früh zu Bett.»

Ein guter Entschluss nach einem anspruchsvollen Tag. Aber es ist wie verhext, der Schlaf stellt sich nicht ein.

Gerda ist unruhig: «Wie geht das wohl weiter mit Hannes. Ist dir nichts aufgefallen bei unsern Gesprächen?» – «Er ist sehr zurückhaltend. Doch, wenn du so direkt frägst. Ich habe eine Vermutung. Nur, das geht uns nichts an. Lass uns morgen darüber reden.– Schnell und stürmisch läuft unsere Lebenszeit ab.» – «Du hast Recht, wie immer.» Gerda zieht die Decke hoch, dreht sich zur Seite. Schon bald höre ich leichte Schnarchgeräusche.

Anmerkung:

Vita brevis, ars longa = das Leben ist kurz, die Kunst ist lang. Ein alter Sinnspruch, dem Hippokrates zugeschrieben.

Die Begriffe sind mehrdeutig:
Bsp. Heilkunst will den Kranken am Leben erhalten.
Bsp. Musik. Das Werk eines Komponisten überdauert häufig dessen Lebenszeit.

Am See

Der Ruf ging ihm voraus: als Arzt untadelig, als Wassersportler eine unberechenbare Gefahr für sich und seine Umwelt. Stehende Gewässer waren sein Lebenselixier, vereinten die Qualitäten eines guten Freundes mit den Tücken eines Feindes. Ein Spannungsfeld, dem er nicht widerstehen konnte. An einem Tessiner See kam er beim Tauchen mit einer Schiffsschraube in Berührung, rettete sich mit Glück ans Land und wurde mit Blaulicht und Sirene ins Spital gefahren, wo er von der befürchteten Amputation des linken Beines verschont blieb. Und eben dieser Seeverrückte hatte sich nun am Urnersee niedergelassen, wo er seine Verletzungen auskurierte. Er hörte dabei auf seine Frau, die ihn aus dem Schussfeld der Presse nehmen wollte, welche sein Hobby als eines Arztes unwürdig geisselte. Und einmal mehr lebte er für seine Patienten, besuchte jeden Kranken, auch wenn dieser im kleinsten Nebental wohnte oder eine hochgelegene Alp bewirtschaftete.

Das Paar hatte sich in eine freistehende Wohnung eingemietet. Direkt am See. Neben unserem Haus. Kontakt hatten wir nur mit seiner alten ganz in schwarz gekleideten Mutter, die auf der uns zugewandten Seite des Hauses unentwegt an der Wäschevorrichtung zu tun hatte. Sie wusch an sonnigen Tagen pausenlos ihre Unterwäsche und hängte sie mit Klammern vorsichtig an die ausgelegte Leine. Was trocken war, nahm sie sofort ab und legte es in einen Korb. War dieser voll, wusch sie den Inhalt erneut, hängte alles wieder an die Leine, nahm es ab, wenn es trocken war und verbrachte so ihre Zeit an sonnigen Tagen. Dabei war sie stets sehr geschäftig und rief uns gelegentlich ein Grusswort zu, das wir angemessen erwiderten.

Das Ehepaar war wenig kontaktfreudig. Die Frau winkte kurz, wenn sie mit dem Auto ausfuhr, um Einkäufe zu tätigen. Ihr Gatte lebte in einer anderen Welt. Man hatte den Eindruck, dass er seine Umgebung gar nicht wahrnahm. Letzteres schadete seiner Wertschätzung nicht. Der Frau aber nahm man ihr Benehmen übel. Man war sich einig: Der Mann hätte eine «Gschaffigere» verdient.

Eines Tages sass ich am späten Nachmittag auf unserer Terrasse und blätterte in einer Illustrierten. Sie enthielt eindrückliche Aufnahmen vom Unwetter, das den Ort Brunnen heimgesucht hatte. Ein Bild zeigte, wie der entfesselte Sturm eine Masse Schwemmholz vor sich her peitschte, gewaltige Wellen die Ufermauern hoch trieb und die Promenade unter Wasser setzte. Ein anderer Beitrag hielt fest, wie ein Motorschiff sich rückwärts durch die tosenden Wogen kämpfte.

Ich schaute auf den launenhaften See hinunter, wo böenartige Winde aufkamen und den Wellen Gischtkronen aufsetzten. Es war, als fände die Natur nach den schweren Schäden, die sie angerichtet hatte, nur langsam zurück zum lebensfrohen Alltag der Gäste, die hier ihren Sommerurlaub verbrachten. Am gegenüber liegenden Seeufer blinkte die Sturmwarnung. Das schreckt hier erfahrene Surfer kaum, ihr Sport lebt sozusagen vom Wind. Bei Flaute geht da nichts. Ich beobachtete, wie vereinzelte Surfer und Segler ihre Boote richteten, aber in einer Abwägehaltung verharrten. Und da,– ich traute meinen Augen nicht –, stach tatsächlich unser Nachbar in

See. Mit einer Eigenkonstruktion vermutlich. Er hatte mal so etwas angedeutet. Offenbar wollte er ausprobieren, ob sein neues Werk «kampftauglich» war. Ich wunderte mich, dass er keinen Neoprenanzug trug. Die meisten Wassersportler schützen sich hier mit einem solchen Anzug gegen Auskühlung und Sonnenstrahlung. Ich blätterte weiter in der Illustrierten, und als ich wieder aufsah, war er aus meinem Blickfeld verschwunden.

Ich rückte meine Liege in den Schatten der von Trauben überrankten Laube und wollte mich setzen. Da sah ich, wie die Nachbarin mit ihrem Motorboot in unsere Bucht fuhr und mir zurief, ob ich mit ihr hinausfahren würde. Ihr Mann sei unterwegs mit einem Segelboot, aber plötzlich habe sie ihn aus ihrem Sichtfeld verloren. Ich stieg die Treppe zur Bucht hinunter. Die Frau bat mich um Hilfe. Sie habe zwar erste Fahrstunden absolviert, sei aber, ehrlich gesagt, noch wenig vertraut mit dem Boot. Sie machte sich an der Schaltung zu schaffen. Und wie zur Erhärtung ihrer mangelnden Routine, fuhr sie rückwärts in die Mauer. Das werde ich nicht überleben, ging mir durch den Kopf. Am liebsten hätte ich mich verabschiedet. Aber darf man einen Menschen in Not im Stich lassen? – Gibt es Situationen, in denen man bereit sein muss, das eigene Leben aufs Spiel zu setzen, um einen Mitmenschen zu retten? – Da ritt mich der Teufel: «Wir fahren!» rief ich, stieg ein und setzte mich neben einen Stoss Decken auf dem Rücksitz.

An die Fahrt habe ich kaum Erinnerungen. Es war, als hätte ich eine Reise angetreten, bei der das Schicksal endgültig die Führung übernahm. Ich fühlte mich in jeder Beziehung übergangen.

Um mich etwas abzulenken, überlegte ich, wie sich das Geschehen in der Medienkunde schulisch aufbereiten liesse. Ob uns gar der ortseigene Weiher zur Verfügung stünde? – Ich meinte, dass zum Teich ein Boot gehörte. Schwierig würde der Sturm sein. Als visuelles Element. Geräusche, das war einfacher. Die Schule selbst verfügte über verschiedene CDs. Da gab es Material zu Naturgeräuschen, Fahrzeugen, Tierlauten und vielen andern Bereichen. Wie nur liess sich der ruhige Weiher in einen Sturm umwandeln, der Boote in Not brachte? Das würde ich vorerst den Schülern überlassen, die waren erfinderisch, wenn man sie für ein spannendes Thema begeistern konnte. Zunächst ging es darum, in Gruppenarbeiten ein Exposé zu schreiben, einen ersten Entwurf, der den Handlungsablauf für einen Film in grossen Zügen festhielt. - «Einmal Lehrer, immer Lehrer», mahnte eine innere Stimme. Ich hatte mich da in etwas hineingesteigert, als ich aufschrak.

Hatte da nicht jemand gerufen? Die Frau verlangsamte die Fahrt. Dann sahen wir einen Mann, der winkte. Es war der gesuchte Nachbar. Wir näherten uns der Unglücksstelle.

Auf den ersten Blick war klar: Der Mann hatte keine Chance. Er sass buchstäblich im Wasser, das durch ein Leck eindrang und das Boot allmählich zum Sinken bringen würde. Und das Segel war zu nichts mehr nütze. Eine starke Böe hatte es regelrecht zerfetzt.

Wider jede Erwartung erwachte plötzlich sein Lebenswille. Er sprang ins Wasser, schwamm auf uns zu und krallte sich mit allen Fingern am Motorboot fest. Mit vereinten Kräften zogen wir ihn herein. Sein Gesicht war blau, er zitterte am ganzen Körper. Am linken Bein trug er eine Art Gummistrumpf. Die Frau hüllte ihren Mann in die Decken und machte sich dann am Steuer zu schaffen. Die ganze Zeit fiel kein einziges Wort. Die Rückfahrt begann.

Der See war nun ruhig geworden, am jenseitigen Ufer blinkte immer noch die Sturmwarnung. Ein Vergnügungsschiff nahm gerade Gäste in Empfang. Die Bordkappelle spielte zum Tanz auf. Das Leben hatte uns wieder. Erleichtert steuerten wir die heimische Bucht an.

Es war nun nicht so, dass der Vorfall unsere gegenseitige Beziehung vertieft hätte. Man kam auch nie auf das Ereignis zurück. Damit konnte ich leben. Wichtig war mir die Erfahrung, in einer Grenzsituation nicht ganz versagt zu haben.

Als wir im folgenden Jahr wieder an den See reisten, war die nachbarliche Wohnung leer. Wir fragten überall, wie es dazu gekommen sei. Aber man hielt sich zurück. Es schien, als wisse niemand so recht Bescheid. Der pensionierte Schalterbeamte der Dampfschifffahrtsgesellschaft, mit dem ich im Hafen von Flüelen oft ein Glas Weisswein trank, hatte zu allem und jedem seine eigene Meinung. Im vorliegenden Fall diagnostizierte er einen mangelhaften Einheimischenbonus. Ich war mir da nicht so sicher.

Anmerkung: gschaffig, Mundart = arbeitsam

Nachwort

Ich danke allen, die mich beim Entstehen des Buchs unterstützt haben. Vor allem meinem Sohn Benno, der mich kompetent und geduldig durch die Wirren des PCs geführt hat.

Entstanden ist dabei eine Art Lebenslauf, der mich durch die frühe Kindheit über eine   Klosterschule und die universitäre Ausbildung zum Lehrberuf brachte.

Die gemeinsamen Jahre an der Klosterschule empfand ich als eine Art Schicksalsgemeinschaft, die sich mit dem Bestehen der Matura abrupt auflöste und uns in eine lang ersehnte scheinbar unbegrenzte Freiheit entliess. Und ich wage zu behaupten, wir hätten uns dabei schnell aus den Augen verloren, wenn Alois nicht rechtzeitig eingegriffen, Erkundigungen zu unserem Lebensverlauf in Rückmeldungen gesammelt und uns mit Rundbriefen zugänglich gemacht hätte. So blieb man sich nah in guten und in schlechten Zeiten.

Das Positive überwiegt. Viele sind immer noch geistig und körperlich fit, machen täglich längere Spaziergänge. Andere interessieren sich für aktuelle politische und kirchliche Personen und Ereignisse. Gut besucht sind auch auf unsere Bedürfnisse und Möglichkeiten ausgerichtete Treffen.

Und da ist ja noch der Humor. Zum Beispiel der von Hugo. Er hat nach seiner damaligen Vertreibung aus Stans im Alter wieder zu uns zurückgefunden.

Hugo ergötzte sich an einem Druckfehler, der dem schreibgewandten Alois unterlief und dazu führte, dass aus dem Krankenseelsorger Oswald der «Kranseelsorger» Oswald wurde. Hugo schreibt: «Der Hinweis auf Oswalds Tätigkeit als Kranseelsorger hat mich auf ein mir bisher unbekanntes priesterliches Tätigkeitsfeld aufmerksam gemacht. Ich stelle mir vor, wie Oswald von Baustelle zu Baustelle geht, vermutlich eher nachts, wenn die Kräne sich nur leise nach dem Wind richten und ihre Arme dankend zum Himmel heben, wenn sie den priesterlichen Zuspruch erhalten. Ein schönes, inspirierendes Bild.»